新潮文庫

ちんぷんかん

畠中恵著

新潮社版

8820

目次

ちんぷんかん

鬼と小鬼

1

「火事だっ」

その叫びと半鐘《はんしょう》の音が、突然、寝ていた若だんなの夢を蹴飛《けと》ばした。

「えっ……何？」

夜中のこととて、部屋には有明行灯《ありあけあんどん》の明かりがあるばかりで薄暗い。じゃらじゃらと内側から打ち鳴らされている半鐘の音は、夜と眠気を打ち払っていた。

「若だんなっ、起きて下さい」

仁吉《にきち》と佐助《さすけ》の声が、離れの廊下から近づいて来る。とにかくどんな状況なのか、見極めなくてはならない。若だんなは布団《ふとん》から抜け出すと、縁側に出た。

明け六《む》つにはまだ間があるというのに、長崎屋の店表から声が聞こえてくる。大火となりそうな予感がして、若だんなは戸にかけた手を、微《かす》かにふるわせた。後ろで襖《ふすま》が開く。手代《てだい》である兄《にい》や達が来たのだ。顔つきが強《こわ》ばっていた。

「若だんな、直《す》ぐに逃げますよ。半鐘の内を掻《か》き回すように打ってるってことは、近火です」

既に裏手の長屋に火が移っているという。江戸一、繁華な通町《とおりちょう》一帯が燃えようとしていた。一旦《いったん》大火となれば、土蔵造りの大店《おおだな》、廻船《かいせん》問屋兼薬種《やくしゅ》問屋、長崎屋だとて、ひとたまりもない。若だんなの寝起きしている離れも、火に包まれるのだ。

「母屋《おもや》には知らせたの？　それと床下にある穴蔵を開けて、道具達を中に入れなきゃ」

「悠長なことを言ってる間はありませんっ。若だんなさえ助かれば、世の全《すべ》ては何とかなるんですよ！」

「そんな、無茶苦茶な……」

両親や兄や達は、病弱な若だんなに、それはそれは甘い。天上天下の内に大事な者は、若だんな一人という態度を押し通しているのだ。若だんなは緊迫した半鐘の音が聞こえる中、縁側で苦笑を浮かべた。

江戸では本当に火事が多い。この地で暮らしていれば、一生の内、一度や二度や三度は焼け出されるものらしい。小火《ぼや》も多いから、若だんなも半鐘の音を、しょっちゅう聞いていた。だから今日も大して心配はせず、中庭に向いた離れの板戸を開けたのだ。

途端！

「あっ」と声を上げた時には、煙の塊に包まれていた。触れられるかと思うほどに濃く、いがらっぽいものに搦《から》め捕《と》られる。その煙の向こう、店の北側から、赤い火柱が天に向かって燃え立っているのが見えた。

(火元は、油屋の大場屋さんか)

油屋の油は火事を避けるため、店の地下にある穴蔵に置いてあるものだ。だがそれでも、他の商売よりは遥《はる》かに多い油が店先にある。

それを証明するかのように、夜明け前の空に伸び立つ火は勢いを増し、火の粉が風に舞う。長崎屋へも盛大に降りかかっていた。

「これじゃあ、店が燃えちゃうよっ」

喋《しゃべ》った途端、濃い煙を吸ってしまい、むせかえる。喉《のど》の奥が熱く締め付けられ思わずよろめき、縁側に膝《ひざ》をついた。

「若だんな、縁側から離れて下さい。煙が……若だんな？」

「仁吉っ、戸を閉めろ！　若だんな、息をして下さい。聞こえてますか？　若だんな！」

何故《なぜ》だか必死に、兄や達が呼びかけて来る。だがその声は、遠ざかってゆくではないか。

（あれれ、どうしたんだろう）

若だんなは妙に眠くなった。不思議と体が軽い。それは心地の良い感覚であったが、奇妙に危うかった。暖かいのに、ひやりとした気持ちになる。

（あれ、何が起こったんだい？）

いつもの「きゅんぎー」とか、「きゃわわわー」という声が聞こえる。だから……ここは長崎屋の離れに違いないのに、どうして兄や達の心配そうな声が、こんなに遠くから聞こえるのだろう。

気が付くと黒い塊が側《そば》にあった。若だんなはすいと、その暗闇《くらやみ》に吸い込まれていった。

2

「私ったら、死んじゃったのかしらねえ」

昼とも夜ともつかない川の畔《ほとり》で、何だか困ったようにつぶやいたのは、長崎屋の若だんな、一太郎《いちたろう》だ。

人は死ぬと、生きているときの、己《おのれ》の行いを諮《はか》られることになる。現世で善行をしたものは天界へ行くことが出来、悪行を為《な》した者は地獄へと向かう。仏の教えの基本をなす原理「因果応報」と呼ばれるものだ。

その判定の為《ため》に死者はまず、冥土《めいど》で七日に一度の裁きを七回受けるのだ。四十九日の法要を行うときまで、死者は現世でも来世でもない、中陰の世界と呼ばれる所を歩んでゆく。

そこは死に出《い》で立つ場所で、山地だという。八百里も歩かねばならぬという。そうして死者は険しい地を行きつつ裁かれてゆくのだ。

その四十九日を過ぎ裁きを終えた死者は、三途《さんず》の川にさしかかる。この川を渡るには、三通りの方法があった。善人は橋もしくは舟で渡ることが出来る。舟の渡し賃は六文だ。

罪人は川の中に入らなければならないのだが、その中でも罪軽く浅瀬をゆける者と、重い罪を背負い、江深淵《こうしんえん》たる深い濁流を渡らねばならぬ者とに、分かれるのであった。

「確か広徳寺《こうとくじ》の僧、寛朝《かんちよう》様は、そうおっしゃっていたね。つまり私も、まず中陰の世界に来て、裁きを受ける筈《はず》なんだけど」

若だんなは流れの際《きわ》に一人佇《たたず》み、深いような浅いような、だが紛れもない大河を見て、寸《すん》の間《ま》呆然《ぼうぜん》とした後、一つ息を吐いた。

「どういうことかしら。私はこの妙な所に来てからお裁きなんて、まだ一度も受けてないよ。なのに……これ、三途の川だよね」

周りは昼のようでいて夜のようでもあった。不可思議な明るさに満ちており、その外は暗い闇に溶けて、先が見通せない。死者が河原まで歩いてくる筈の、道すらよく分からない。

「以前来たときは、ちゃんと四十九日かけて、冥土を歩いた筈だけどな」

若だんなはそう言ってから、はっと己の口元を押さえた。

(そうだ、私は一度、ここへ来たことがあるよ。覚えてる)

母おたえは以前、最初の子を失っている。おたえは嘆いたあげく、その子を『返魂《はんごん》香《こう》』という神の持つ秘薬で、現世に引き戻したのだ。若だんなはそうして、一度去った世に、引き戻された身であった。

（おばあさまが人では無い……大妖《たいよう》だったから、『返魂香』が手に入ったんだよね）

祖母は齢《よわい》三千年の妖《あやかし》であった。人である祖父と恋に落ち、それで母が生まれたのだ。だが祖母のような大妖であっても、尋常ならざる薬は、簡単には手に入れられなかった。一服の薬の代わりに、祖母は今、荼枳尼天《だきにてん》様に仕える身となっている。

「そこまでして生まれて来たのに、私ときたら、またあっさり死んじまったもんだよ」

こうして三途の川を目にしているということは、火事で命を落としたに違いない。あまりの情けなさに、深く溜息《ためいき》をついていると、袖《そで》の中で優しく手を撫《な》でてくれる者がいる。

「きゅわわわー」

ちょいとしわがれた声もした。

「おや鳴家《やなり》、優しい子だね。慰めてくれるのかい？」

若だんなは袖の内に手を入れ、家を軋《きし》ませる妖の頭を、軽く撫でた。「くるくる」と、機嫌の良い声がする。妖の血を引く若だんなは、妖を見ることが出来る。長崎屋にいた頃は、妖の兄や達を持ち、遊び相手に小鬼や付喪神《つくもがみ》など、多くの妖達がいたのだ。

「きょんぎゅー」

いたって元気な鳴家は、両の袖に二匹ずつ、四匹いた。その声を聞きつけたのか、今度は懐《ふところ》から、印籠《いんろう》が百年の時を経て付喪神となった妖、お獅子《しし》が顔を出す。印籠の絵が抜け出してきたものだ。

「ぶにぶにぶに……」

お獅子は着物から抜け出ると、柴犬《しばいぬ》ほどもある身を、若だんなの足下にすり寄せた。

「あれ、お前も付いてきちゃったのかい」

若だんなは苦笑を浮かべた後、お獅子の巻き毛に手を置いて……ふっと顔を強ばらせた。ここは冥土ではなかったか？　つまり死出《しで》の旅路の途中なのだ。

「ま、拙《まず》いよ。お前達、こんな所に勝手に来ちゃあ駄目なんだよ」

町内どころか、お江戸の外にまで鳴り響く程虚弱な若だんなと違い、鳴家もお獅子も妖だ。あれしきの煙で、死ぬ訳が無かった。

「いや、そもそも死んだら妖も、冥土に来るものなのかな？」

一応聞いてみたが、鳴家もお獅子も揃《そろ》って首を傾《かし》げるばかり。何も知らないようだ。

「ありゃあ、どうしたらいいのかしら」

このまま妖達を、三途の川の向こうまで、連れて行くのもためらわれる。僧の寛朝によれば、三途の川の向こう岸には、『衣領樹《えりようじゆ》』という木が生えていて、その下には、俗に奪衣婆《だつえば》と言われる『懸衣媼《けんえう》』と、『懸衣翁《けんえおう》』と言われる翁《おきな》が待っているのだ。『懸衣媼』は冥土を旅する者から着物をはぎ取り、それを『懸衣翁』に渡す。『懸衣翁』は着物を『衣領樹』に引っかける。すると、生前の罪の重さに従って、『衣領樹』の枝がしなるというわけだ。それにより死者達は、裁かれることになる。

仏教には、守らねばならない五戒がある。

一に、みだりに生き物の命を奪ってはならぬという不殺生戒《ふせつしようかい》。

二に、盗んではならぬという不偸盗戒《ふちゆうとうかい》。

三に、淫《みだ》らな行いをしてはならぬという不邪淫戒《ふじやいんかい》。

四に、嘘《うそ》をついてはならぬという不妄語戒《ふもうごかい》。

五に、酒を飲んではならぬという不飲酒戒《ふおんじゆかい》。

この五つだ。善きに付け悪《あし》きに付け、大したことはする間も無かったとは思うものの、裁かれるとなれば何やら恐ろしい。

「私が先々地獄へ行くことになったら、連れのお前達まで、酷《ひど》い目に遭わせてしまうよ。何としても皆を、長崎屋へ帰さなくては」

若だんなの言葉に、鳴家とお獅子がまたうち揃って、首を傾げる。

「若だんなは、何か叱《しか》られるようなことを、したんですか？」

「それで、怖がっているんですか？」

「ぎゅんいー？」

一昨日《おととい》、若だんなは珍しくお饅頭《まんじゅう》を二つ食べた。それで夕飯をろくに食べられなかったことが、大罪なのかもしれない。いや、駄目だと言われたのに、また三春屋《みはるや》まで外出をしたのが大きな罪なのだ。鳴家達は袖の中でお気楽に、あれこれ推測している。

若だんなは小さく笑い、心当たりがあると言い出した。

「私は寝付いてばかりで、大して悪行をする間も無かったよ。でもね……一つだけ、間違いなく、大きな罪を犯しているんだ」

それは何か。

「こうして親に先立ち、冥土に来てしまった事自体が、罪なんだよ」

ほらと言って、若だんなが少し先の河原を指さした。そこには様々な年頃の子達が、沢山集まっていた。皆、せっせと足下にある小石を積んで、塔を作っている。

「あれ、何やら面白いことをして遊んでる。若だんな、我らも一緒に遊びたい」

鳴家達は、向こうの河原へ行こうと、若だんなの袖を引っ張る。若だんなは鳴家の小さな手を、そっと押さえた。

「鳴家や、あれは遊びじゃないんだ。若くして死んでしまった者達が、河原の石で供《く》養《よう》の為の塔を建てているんだよ」

これも広徳寺を訪ねたおり、寛朝が語ったことだ。寛朝によると、幼い子が賽《さい》の河原で石を積むのには、理由がある。幼過ぎて御仏の教えを聞いたり、布施《ふせ》を出来ずに死んだ者達が、その代わりとしてやっていることだというのだ。

「親より先に死ぬのは、それほど罪深いということなんだろう」

鳴家達が、きょとんとして目を見開く。

「石をあんなに積み上げていたら、若だんなは疲れちまいますよう」

「お熱が出ます。止《や》めましょう」

「それより若だんな、そろそろ長崎屋へ帰りましょうよ」

「じき、お八《や》つの刻限だもの」

今日は羊羹《ようかん》だろうか、それとも加須底羅《カステラ》かもしれないと、鳴家達は暢気《のんき》にお喋りしている。若だんなは妖達を、お八つの刻限までには戻してあげたいと苦笑を浮かべた。

そのとき、賽の河原で大きな声が上がり、振り返る。

「あれは……」

子供らが悲鳴を上げていた。その甲高い声に咆哮《ほうこう》が混じっている。

雲突くばかりに大きい影が現れたのだ。その身が青く見える者がいた。さっそくに、河原に立つ塔を蹴散《けち》らしてゆく。その肌、赤く思える者もいる。身をすくめたくなるほど、恐ろしげな声を上げている。

鬼達が、賽の河原に現れたのだった。

3

冥界の鬼達は、子らが背丈程も積んだ、小石の塔を蹴り崩してゆく。悲鳴が上がり、それが風も日差しも無い河原に満ちる。

三途の川は岸に立っても川上が見えず、川下は闇に溶け、どちらも見通せない。後ろを見ても、来し方に戻る道は分からない。もう先に進むしかないが、その為には三途の川を渡らねばならなかった。

鬼達が子供の作った塔を仏への供養として受け入れ、川を渡してくれるまで、河原に集まっている沢山の子供らは、小石を積み続けるしかないのだ。だが鬼はいつも、もっと供養しろと、せっかく積んだ石の塔を蹴り倒す。

若だんなの袖の中からそれを見た小鬼達は、不機嫌なうなり声を上げ始めた。己達の千倍はありそうな大鬼達は恐《こわ》いが、せっかくの面白い石積み遊びを邪魔しているのが気に入らぬらしい。そのとき、びっくりする程に威勢の良い声が、河原に響いた。

「もう止めろよ。鬼、止めろったら！」

両の足を踏ん張って、大きな大きな鬼の前に立っているのは、一人の子供であった。子供といっても、十二、三にはなっているであろうか。なかなかに良さげな着物を着ている。

顔は負けず嫌いで気が強いことを物語っていた。大鬼に文句を付けて怯《ひる》まないのだから、現世でも、やんちゃ坊主だったに違いない。

死者の世たる冥界の、賽の河原でこんな事を言うのも可笑《おか》しかったが、総身《そうみ》から元気があふれ出ているような子であった。足元の影さえ、一段濃く見えている。

「みんな、おとっつぁんやおっかさんと、離れたかった訳じゃないやい。なのに、死んだのが悪いって叱られたって困るよ！」

だが冥土の鬼にしてみれば、こんな文句何度も言われたことがあるに違いない。長い、本当に気が遠くなるほどに長い間、この河原にいるのだろうから。鬼は子供に恐い顔をぐっと近づけ、割れるような大声で言った。

「石を積め。功徳《くどく》を積め！」

声と共に手が振り下ろされ、男の子の積んだ小さな塔が崩される。すると無謀にも男の子は、柱ほどもある鬼の腕に挑み掛かった。

「ちくしょう、ちくしょうっ」

鬼はあっさり子供ごと腕を持ち上げる。

(鬼はあの子に、まだ三途の川を渡らせる気は無いみたいだけど……)

それでも罰として、子供をどぼんと川の深みに放り込むことはありえる。子供を鬼から取り戻そうと、若だんなは考えるより先に動いていた。駆け寄って、鬼にしがみついている子の足を摑《つか》んで引く。

「坊、鬼を離して。手を離すんだよ。ええい、聞き分けのないっ」

どうしても鬼から離れない男の子の脇《わき》を、こちょこちょとくすぐる。すると男の子が手を離すより先に、鳴家達がくすぐりっこに参戦してきた。大好きな遊びなのだ。

「きょんげーっ」

「きょきょきょきょっ」

鬼が恐いのか、鳴家は小声で鳴きながら、それでも楽しそうに男の子をくすぐったからたまらない。たちまち鬼から子供の手が離れる。若だんなはちゃんと、子供を受け取ろうと手を伸ばした。

だがその時、突然気味の悪い味が口の中に広がった。思わずむせかえった若だんなは、男の子が腕の中に来た途端よろけ、河原に二人して尻餅《しりもち》をついてしまった。

「痛ぁ。坊、大丈夫だったかい？」

口元を押さえながら聞くと、しっかりした返事が返ってきた。

「われは、乃勢屋冬吉《のせやふゆきち》というんだ！」

どうやら『坊』と言われたことが、気に障《さわ》ったらしい。冬吉は直《す》ぐに立ち上がり、足を踏ん張っている。

「大体、われ一人、受け止められなかった奴《やつ》が、大人ぶって人のことを『坊』なんて、呼ぶんじゃないやい！」

「すみません」

己《おのれ》も立ち上がりつつ、素直に謝った若だんなだったが、冬吉はまだ鼻息が荒い。その時二人の頭上に鬼が怒った顔を近づけてきた。

「たわけっ、地獄へ落とされたいのかっ」

割れ鐘を頭の上で鳴らしたような、もの凄《すご》い声がした。太い指が小石を指し命令する。

「さあ小石を積め。塔をこしらえよ。ひたすら供養するのだ！　早く出たければな。それともずっと、ここにいるか？」

二人が慌《あわ》てて石を拾い出すと、やっと鬼は去った。冬吉は不機嫌な顔つきで石を拾っていたが……じきに大きく目を見張る。

「……えっ？　小鬼がいる」

若だんなの袖《そで》から鳴家達が出てきて、嬉《うれ》しそうに石を積み始めたのだ。鳴家達は平素、人には見えぬ筈《はず》の妖《あやかし》だが、ここは冥界《めいかい》で、集まっている者達も既に死者となっている。どうやら妖は、冬吉の目に映るらしかった。

「ああ、この子らは妖だ。鳴家というんだよ。こっちの子は付喪神のお獅子。私は一太郎、若だんなと呼ばれているよ」

若だんなは小さな声で冬吉に紹介する。

「妖達は私の友達なんだ。運悪く私に巻き込まれて、一緒に冥界に来ちゃったみたいでね」

だから何とか元の世に、戻してやりたいと言う。この考えを聞いた冬吉は、ぽかんとした顔をした。

「……おい若だんな。この世界から、元に戻れる気でいるのかよ?」

年下のくせして気の強い冬吉が、呆《あき》れた風に言う。若だんなが慌てて弁解をした。

「そりゃあ、死んじゃったら無理だろうよ。でも妖達は、どう考えてもまだ死んじゃいないんだもの」

訳も分からぬ様子ながら、小石を持った鳴家達も、「ぎゅいぎゅい」とただ頷《うなず》いている。

だが、あまりに冥界の奥へ進んでは、きっとそれも難しくなる。三途の川を渡ったところで、奪衣婆に着物を剝《は》がされ、罪の重さを量られるという話だ。それでは着物の袖に入っている鳴家達と、引き離されてしまう。

「その前に、何とかしてやりたいんだけど」

そう言った時、若だんなは口元を押さえて、俯《うつむ》いた。またも口の中に、苦くてむせかえるような味が広がったのだ。鳴家達が心配げにすがりついてくる。冬吉が眉尻《まゆじり》を下げた。

「大丈夫かよ? 頼りない兄ちゃんだな。仕方ない、われが協力してやるよ。若だんな一人じゃ不安だ」

生意気な口はきくものの、冬吉は優しい子のようであった。若だんながもう平気だと言って立ち上がると、鳴家《やなり》達はにかっと笑い、また小石で遊びだす。冥界にいることなど、とんと気にしていないらしい。だがじきに飽きてしまうと、お八つが欲しくなった様子であった。

「冥界で誰ぞが物を食べているところを、見たことが無いよ。冬吉、鬼は食べ物や飲み物をくれるのかな？」

「われはまだ、一杯のお茶も貰《もら》ってないぞ」

そのうち鳴家はくたびれて、河原に座り込んだ。若だんなは思いついて袖の内を探る。すると、いつものようにお菓子が入っていた。金平糖に花林糖、おかきとあめ玉だ。

「良かった、食べるものがあって。はい、お八つ」

花林糖をあげると、鳴家達は嬉しそうに、がりがりと噛《かじ》り出す。冬吉が羨《うらや》ましそうにそれを見たので、分けると喜んで食べた。まるで皆で河原へ涼みに出かけ、お八つを食べているようで、何とも奇妙な気分であった。

その時若だんな達の背後から、声がかかる。

「おや、こいつは珍しいものを見た」

見知らぬ男が一人、若だんな達を見下ろしていた。

4

「ほう、三途《さんず》の川の畔《ほとり》まで来て、まだ何ぞ食べている者がいるとはな」

見ればそれは、賽の河原にいる子供では無く、冥界を歩いて来た大勢のうちの一人、大人であった。大人は河原で留まったりはしない。これから三途の川を渡ろうとしているところなのだ。

男は五十位で総髪、大柄で優しそうであった。若だんなは、ちょいと佐助のことを思い出した。

「しかし珍しいねえ。私が前に一度来たときは、この地で物を食べる人など、一人も見なかったもんだが」

男はひょいと首を傾《かし》げ、若だんな達の足元を見た。男によると、冥土に来た者は塵《ちり》よりも細かな香《こう》の煙、つまり線香の香を食しているらしい。それで仏壇や寺では、線香を絶やさぬのだ。若だんなは男に顔を向けた。

「あなたは前にここへ来たと？　この冥土に？　生まれ変わる前の話ですか？」

若だんなの問いに、男は苦笑するように答える。

「私は江戸で医者をやっておった、青信《せいしん》という。せっせと患者の面倒を見ていたのだが、数年前、患者から麻疹《はしか》をうつされてね」

幸いその時は、三途の川を渡る前に、お江戸に引き戻されたのだという。

「この冥界から戻ったんですか？　どうやって？」

「それが……よく分からないんだよ」

戻ったきっかけは、現世で友の医師が、思い切った強い薬を使ってくれた為《ため》だと、青信は言う。戻った後で、感謝しろと言われたらしい。だがその時、どうやってこの地から戻ったか、青信はとんと覚えていないのだ。

「下手にそんなことが分かると、皆が元の世に戻りたいと言いかねない。だから、覚えておれない仕組みになっているのだろうね」

青信がまた笑う。今日、またここへ来たのは、事故で怪我《けが》をしたせいだ。だが今回はどうも帰れる気がしないと、ちょいと残念そうに首を振る。

「ああ、私はもう川を渡らないと」

「とにかく、ここから一度戻った方に会えて、嬉しいです。ありがとう」

鳴家達を長崎屋へ戻してやれるかもしれない。そうと分かれば、後は方法を探るだけだ。若だんなが鳴家達を撫《な》でると、小鬼達はその指に三本指の小さな手を置いて、

「きゅーきゅー」「ぎゅるぎゅる」、甘ったれた声をだしている。

その時若だんなは、先程の人の良さそうな青信が、浅瀬を選び、歩いて川を渡ろうとしているのに気が付いた。流れは速いし、少し先は恐ろしく深い淵《ふち》になっている。見ているだけで恐い。

(渡し舟に乗らないのかな。何ぞ罪を犯していて、乗せてもらえないのかしら)

若だんなの、もの問いたげな視線を感じたのか、青信は振り返り、小さく笑う。

「実は患者のつけが溜《た》まって、最近金銭に困っていた。そのせいで、舟に乗る金を持ってないんだ」

三途の川の渡し賃は六文であった。冬吉が呆れている。

「医者のくせに貧乏だなぁ」

「あれ、それなら私の金子《きんす》を使って下さいな」

病弱一直線で、小遣いを貰っても使う道のない若だんなは、常に豊富に金を持っていた。六文が、こんな大切なことで役に立つのであれば、喜ばしい。

懐《ふところ》から万一に備え、いつも持たされている金子を取り出し、早々に六文を渡す。すると、近くに舟がするりと近寄ってきて、あっさりと実直そうな青信を乗せた。

「ああ、ありがとうよ、若いの」

手を、力を込めて握られた。そうしていると、皆がその様子に気づいてきた。

途端、周りから何本もの手が一斉《いっせい》に、河原に立つ若だんなに差し出される。金子を持たぬ死者は、意外と多かったのだ。囲まれ押され、困った若だんなは、とにかく金を配り始める。それを見て、冬吉が顔をしかめた。

「兄ちゃん、己の渡し賃は残しておけよ」

「分かってるよ」

だが直ぐに、差し出される手は増えてゆき、あっと思ったときは、財布ごとひったくられていた。空に舞った財布に、益々《ますます》多くの者が群がる。叫び声が重なる。

「お前達、何をしている！」

そのうち騒ぎを聞きつけた鬼がやってきて、大きく金棒を振り回し、死者達をその場から払いのけた。悲鳴が上がり、蜘蛛《くも》の子のように人が散る。皆が逃げた後、賽《さい》の河原にぺしゃんこの財布が転がっていた。

「ありゃ、全部持っていかれちゃったよ」

その時、若だんなを呼ぶ声が、川の方から掛かった。見れば先程の青信を始め、何人もの人を乗せた渡し舟が、三途の川をゆっくりと遠ざかってゆくところであった。まだかろうじて声が聞こえる。

「おおい、お兄ちゃん、ありがとうよ」

「おかげで……渡れる。だから礼に……を教えて……」

「あのな……聞こえているかい……影を……」

「河原にいる子と、よく……見てみな……。……だから」

「……………」

金を用立ててもらった人たちが、若だんなを指さして、何やら言っている。だが舟は滑るように『あちら』へと向かい、『こちら』の岸からは、声すら切り離されてゆく。

現世で臥《ふ》せっていたおり、『死にかけ、三途の川を渡ろうとしたら、祖母や父、母などの声に引き留められたので、先へ進まなかった。それで現世に戻って来られた』などという話を、若だんなは時々聞いた。つまり目の前の川は、この世とあの世を分ける大きな境かもしれない。

(ここを渡ったら、妖達ですら、もう長崎屋には戻れない気がする……)

その考えは、若だんなの気持ちを乱した。帰れないのは、己も同じなのだ。

(おとっつぁんやおっかさんに、会いたいな……。兄《にい》や達は、どうしているのかしら)

幼なじみである三春屋の栄吉《えいきち》や兄の松之助《まつのすけ》、屏風《びょうぶ》のぞきに他の鳴家達、鈴彦姫《すずひこひめ》や見越《みこし》の入道《にゅうどう》ら、妖達に……親しかった皆に二度と会えないと思うと、せつない。

沢山の人たちの顔が浮かび、小さな溜息《ためいき》が転がり出る。すると横に来た冬吉が、嫌みっぽく溜息を真似《まね》し、若だんなのおでこをぴしゃりとぶった。

「兄ちゃん、金を全《すべ》てやってしまっちゃ、駄目だと言ったろうが！　一太郎って名乗ったけど、本当に長男なのか？」

それにしては余りにしっかりしていないと、冬吉はぺしゃんこになった財布を振る。睨《にら》む目が恐《こわ》い。だが若だんなは違うことで驚いていた。

「さて、三途の川は歩いて渡るしかないけど……吃驚《びっくり》したよ。私、ほとんどぶたれたことが無いから」

若だんなの守《も》りである兄や達すら、体に障《さわ》ると言って、ぶった事はない。この言葉に、冬吉が呆然《ぼうぜん》とした。

「嘘《うそ》だろう？　じゃあ今まで、悪さをしたとき親は、どうしてたんだい？」

働かずにさぼったり、一文二文金をくすね、菓子を買ったりしなかったのか。どうしていたのかと聞かれ、若だんなは首をひねった。

「働くと疲れるから、休んでいなさいと言われたな。お小遣いは使い切れぬほど貰っていたから、余っていたねえ」

冬吉は大きく溜息をつき、呆れた顔をしている。どうしてぶたれたことが無いと、溜息をつくのだろう。若だんなは首を傾げる。

「……皆の親は、子供をぶったりするの？」

「大抵の子は、親に叱《しか》られたとき、ぶたれたことがありますよ」

その時若だんなの問いに答えたのは、冬吉では無かった。見れば、冬吉と同じ歳《とし》くらいの男の子が、鳴家を一匹抱えている。こちらはつんつるてんの短い着物を羽織っただけの恰好《かっこう》だ。長崎屋裏の長屋で遊び回っている子供達と、そっくりな出《い》で立ちであった。

「この子、お兄さんのお友達ですか？」

「ああ、そうなんだ。鳴家っていうんだよ」

一太郎が紹介している間に、鳴家が若だんなの肩へぴょんと飛んで戻る。その子は笑って、己《おのれ》は末松《すえまつ》だと言った。

「小さな寺子屋の、師匠の子です」

今十一になると、大層しっかりとした口調で言う。実は先程末松も、六文が欲しくて、若だんなが金を配っている所へ行こうとしたのだ。だが大人には敵《かな》わず、あっさりと人の輪からはじかれてしまった。

末松によると、その時鳴家が、金子を頂く遊びに参戦したのだという。

「きょんわーっ」

小鬼は雄叫《おたけ》びを上げると、ぽんぽんと大人の頭を踏み越え、財布に突撃したのだ。

「とってもすばしっこくって。その子、大勢の手の間から、ちゃんと金子を手に入れたんです」

褒められた鳴家は、思い切り胸を張っている。

「でも鳴家は、本当はお金なんか必要ないんじゃないかしら。さっきから、金粒をおもちゃにしているみたいだから」

末松は鳴家ごと、金子を若だんなに返そうと思い、声を掛けたのだという。若だんなは末松に礼を言うと、鳴家の頭を撫でた。

「鳴家や、それは大事な物なんだよ。渡しておくれな」

若だんなに促され、腕の上に降りてきた鳴家は、渋々小さな手を開く。そこには一《いち》分金《ぶきん》が明るい輝きを見せていた。

「良かったね若だんな。これで渡し舟に乗れるよ。悪行を現世でやっていなければ、ね」

冬吉が大人ぶった口調で言う。若だんなは苦笑するしか無かった。

「あのぉ、お願いがあるんですが」

ここで鳴家を見つつ、末松が言う。

「さっき言ったとおり、川の渡し賃に困ってるんです。あの、その金粒からわれの舟賃も、出してもらえないでしょうか？」

どうやらそのことを頼みたくて、金のことを教えてくれたらしい。若だんなは末松に、にこりと笑いかけた。

「いいよ。一緒に鬼から、三途の川を渡っていいと許しが出たらいいね。その時は、他にも金子に困った子がいないか聞いてみよう」

一分金は、一両の四分の一にあたる。渡し賃が一人六文なら、百六十人は舟に乗れるだけの金だ。

「ただ、少し待って欲しいんだけど。この鳴家達だけは、元の世に戻してやりたいんだ。だけどまだ、そのやりようが分からなくてね」

「えっ、ここから元の世へ、帰ったり出来るんですか？」

「分からない。でも妖《あやかし》なら、何とかなるかもしれない。やってみなきゃ」

「えっと……分かりました」

ちょいと残念そうな末松に、冬吉が言う。

「末松、焦《あせ》ったって仕方ないだろ？　大体われ達は、まだ供養《くよう》の塔をちゃんと作れてないんだから。鬼が川を渡ってもいいと言うまで、きっと随分とかかるんじゃないかな」

河原には大勢の子供達がいて、毎日沢山の塔が積み上がってゆく。なのに若だんなが来てからまだ誰も、鬼達から川を渡る許しを得ていないのだ。若だんなが先程金子を配っている間にも、鬼達はまたやって来て、皆の塔を壊してしまった。今、賽の河原では子供達がまた、一から小さな石を積み上げているところなのだ。末松が小さく溜息をつく。

「もう一度作っても……それもまた、きっと壊されてしまうんでしょうね」

そう思うと、総身《そうみ》から力が抜けるのだと末松は言う。だが塔を作らないでいると、鬼が恐ろしい声で、地獄行きだと脅かす。恐ろしい八つの地獄が待っていると言われては、石を積まないわけにはいかないのだ。

するとそこに、三人の近くで石を積んでいた子が、声をかけてきた。若だんなと似たり寄ったりの年に見えたが、聞いてみると三つ年下の十五で、惣助《そうすけ》と名のる。さっきから話を聞いていたので、皆の名をちゃんと承知していると言った。

話しかけてきた時には、惣助はちゃっかり、己も渡し賃を払ってもらうつもりになっていた。だが惣助によると、金よりも思い切り話をする相手を、探していたらしい。

「くたびれてたんだ。若だんなや冬吉は、まだ来て間もないから頑張ろうって思うんだよ。俺なんて、もう幾つ塔を作って、あげくに壊されたんだか、覚えてもいないや」

その言葉に末松も頷《うなず》いている。末松もかなり長いあいだ、賽の河原にいるという。

「もし仮に……われらが勝手に川を渡ったら、どうなるんでしょう」

三途《さんず》の川には、歩いて渡れる場所もあるのだ。今までにも、こっそり渡りたくなったことがあると、末松が口にする。だがその時、若だんなの袖《そで》の中からぴーぴー声がした。小鬼の顔が団子のように、袖口に並んでいた。

「ずるいこと、悪いこと」

「御仏に、悪い子って叱られるよ」

惣助が頬《ほお》を膨らませ、小鬼達を睨む。「ぴっ」と声を残し、揃《そろ》って奥へ引っ込んだ。

「仏様がこの地においでになるの？　なら、どうして早く、もっと早く、河原から救って下さらないのかしら」

末松の声に元気がない。その身が微《かす》かに震えている。若だんなは気遣わしげに、そんな末松を見ていた。

5

積み上げた塔が五つ。

鬼に壊された塔も五つ。

「賽の河原の鬼は、本当にまめだねえ」

昼とも夜ともつかない不可思議な明るさの中で、せっせと石を積みつつ、若だんなはくたびれて溜息をついた。

「末松さん達、長くここにいる子達が疲れるのも、無理ないや」

誰より虚弱な若だんなは、ここでも人並みに小石を積めず、鬼に睨まれることが多い。それでも何とかなっているのは、鳴家《やなり》達が面白がって、一緒に塔を作ってくれるからだ。

お腹《なか》が空くと、若だんなと冬吉、それに妖達は、袖の中のおかきとかあめ玉を皆で食べる。だが菓子には限りがあるので、少しずつ口にしていた。

しかし最近若だんなは、何を食べても口の中に妙な味がするようになっていた。今も奇妙に甘くて、おまけに酢のような味がしている。冥土《めいど》に来てから、胃の腑《ふ》が一層変になっていた。

お獅子《しし》や小鬼はもっと食べたいようで、きょろきょろと河原を見渡すのだが、石ころと岩と川があるばかり。食べられそうなものは、見事に何も無かった。

(そういえば青信さんが、冥土にきたものは塵《ちり》よりも細かな香《こう》の煙、つまり線香の香を食していると、言っていたっけ)

だから、ちゃんと死んだのでは無く、たまたまやってきてしまった妖達が、腹を空かせるのだろう。しかし。

(じゃあどうして私や冬吉まで、お腹が空くのかしら?)

末松や惣助は、食べ物を欲しがらない。

「私は、冥界の道を辿《たど》って賽の河原に来てない。そのことと関係があるのかな?」

考えても答えは見つからず、袖の中の菓子がただ減ってゆく。さて尽きたらどうしようかと、若だんなは考え込んでしまっていた。

そうしている間に、積み上げた塔が九つとなった。鬼に壊された塔も九つ。くたびれた若だんなは、河原で石を積みつつ、少ししんみりとして家のことを思い出していた。

（おとっつぁんやおっかさんは、ちゃんとご飯を食べているかしら。火事だったけど、家はどうなったんだろう。兄《にい》や達は、今も長崎屋にいるのかな）

両親は泣いているだろうか。妖達は無事だろうか。二人の兄やは妖で、祖母が若だんなの守り兼遊び相手にと、寄越した者達であった。当の若だんなが亡《な》くなったのだ。既に長崎屋から去ったかもしれない。

（何だか、寂しいねえ……）

だが直《す》ぐに首を振り、その思いを振り払う。

（まだやることが残ってるのに、しんみりしてちゃいけないよ。鳴家達を元に戻さなきゃ）

そんなとき。

足下で丸くなっていたお獅子が急に、ぴんと耳を立てた。直ぐに鳴家が一匹、その背にまたがる。二匹して賽《さい》の河原の端へゆき、先の見えない暗がりに身を乗り出している。

「どうしたんだい、鳴家、お獅子、そっちは暗くて何も見えないよ。恐くないかい？」

すると、ひょいと振り返った鳴家が、思いも掛けないことを言い出した。

「いがらっぽくて、焦《こ》げ臭い、変な餡子《あんこ》の匂《にお》いがするんですよう」

途端に他の三匹の鳴家も、鼻をくんくんとうごめかす。

「これ……栄吉さんの餡子の匂いだ」

「ほんとだ、ほんとだ！　いつもの恐ろしい菓子の匂い！」

「確かなのかい？」

四匹が揃って頷く。間違える筈《はず》がない。生まれてこの方、あんな凄《すご》い餡子を作る者は、栄吉のほか知らないと言い出す。

「妖がもの凄いと太鼓判を押す餡子って、何？」

冬吉の問いに、若だんなは一寸《ちよつと》苦笑を浮かべてから、友とその餡子について説明する。近所の菓子屋の跡取りで親友の栄吉は、餡子を作るのが得意ではない。それでその、大層特徴のある菓子が出来上がるのだと。

「……何だか恐ろしげな菓子屋だね。でも面白そう。生きてる内にそこへ行って、菓子を一度食べておくんだった」

子供ゆえ、冬吉にはやれなかったことが色々あったのだ。若だんなは石の塔を作りながら、鳴家達が見ている一面の闇に目をやった。

「匂いがするってことは、この向こうが、どこかで現世と繋《つな》がっているのかしら」

もしかしたら突然亡くなった若だんなの枕元《まくらもと》に、生前よく食べた大福餅《だいふくもち》か饅頭《まんじゅう》でも、栄吉が持ってきてくれたのかもしれない。

「ありうる!」

栄吉は親友なのだから。つまり賽の河原の一面闇に見える周りには、やはり現世へ続く道があるのだ。死者が四十九日をかけ、賽の河原まで辿ってくる道だ。

「河原からその道が見えないのは、簡単に戻って行かれては、冥界が困るからかも」

「ということは、若だんな、その道を逆さまに辿れば現世の出口に行き着くのかな?」

冬吉にも話が見えてきたらしく、頷いている。鳴家やお獅子を、長崎屋へ帰せるかもしれない。若だんなは深い闇に目を向けた。

「思い切って、この闇の中に入ってみるべきかも」

「おいおい、あの真っ暗闇に、頭から突っ込む気かい?」

側《そば》で話を聞いていた惣助と末松が、顔を強《こわ》ばらせて、石を積む手を止める。一緒に行くのはごめん被《こうむ》ると、その顔に書いてある。闇の先は六道輪廻《ろくどうりんね》の世界であり、うっかりした方向へ踏み込んでしまったら、そこが地獄、血の池や針の山ということになりかねない。

ところがここで一人冬吉だけが、己《おのれ》も闇の先を見てみたいと言い出した。

「われは、いきなり賽の河原で目を覚ましたんだ。死んだから、ここに来たのだと言われてもなあ。まだ納得しきれてないというか」

冥界の他の地もこの目で見てみれば、己の死を納得出来るかもしれないと言うのだ。この言葉に、末松と惣助が首を傾《かし》げる。

「冬吉は四十九日の間、山を歩いて来たんじゃないのか？」

今度は冬吉が、不思議そうな顔をして、歩いていないと首を振る。若だんなも同じように、突然この河原に来たのだと言うと、末松と惣助は黙り込んだ。機嫌が悪そうだ。

中陰の世界では、賽の河原まで山地を八百里も歩かされる。この苦行をすっ飛ばした者がいるという話に、納得がゆかぬのだろう。

(やれ、ここにも違いがある。私達と、他の子達との差は何なんだろうか？　それに……影のことがある)

若だんなは先に、三途の川を渡っていった大人達が、言っていた言葉を思い出していた。六文を渡した礼だと、川に浮かぶ舟から叫んでくれたものだ。

『おかげで……渡れる。だから礼に……を教えて……』

『あのな……聞こえているかい……影を……』

『河原にいる子と、よく……見てみな……』

風も無いのに、声はかき消されたかのようによくは聞こえなかったが、そんな言葉だった。彼らは六文のお礼に、若だんなが知らぬことを教えようとしていたのだ。

それは〝河原にいる子らを、よく見てみれば分かること〟であり、〝影〟と関係があることだ。しょっちゅう鬼に塔を壊され、邪魔されるので、じっくりと考えてみなかったが、どうも引っかかる。若だんなが己の足下を見て、じっと考え込んだ。

(影。足下にある、この黒い影のことだよね?)

若だんなのものは、隣にいる冬吉の黒々とした影に比べて、何だかほんの少しばかり、薄い気がしてならない。

(私に妖《あやかし》の血が混じっているせいかしら。それとも、今まで山ほど死にかけてきたんで、生気が薄くなっているのかも)

苦笑が浮かび、反対の方を見る。途端、すっと顔から血の気が引くのを感じた。

(惣助の影が……見えないほど薄い)

その儚《はかな》さは、若だんなの影の比ではなかった。慌《あわ》てて周りの子を見てみる。やはりどの子も、ほとんど地に影を落としていない。若だんなの手から、ぽろりと石ころが落ちる。

（これは……）

青信が言っていた〝影〟とは、この差のことだ。そうに違いない。六文の礼に、わざわざ教えてくれたということは、意味のある違いなのだ。

（青信さんは……一度、生き返ったことがあると、そう言ってたよね）

若だんなが、ごくりと唾《つば》を飲み込んだ。

ふと気が付いて顔を上げると、若だんなの様子を末松が見ていた。その目がゆっくりと、若だんなの足下の影に向けられる。顔が強ばっていた。

「どうしてわれと、影が違うんだ……？」

若だんなが分からぬと首を振る。末松は一寸、おびえたような顔となった。

「確か前に、青信さんが……」

だが末松の話は途切れてしまった。河原にまた子供の泣き声がし、怒声が満ちたのだ。

「鬼だ」皆、小石に手を伸ばす。若だんなと鳴家も、慌てて石を積み始めた。

だがその時、石を拾った鳴家が一匹、すてんと転んだ。「ぎゃん」と鳴いた声を、近くに来た鬼に聞かれてしまった。雲突くように大きな鬼が、近寄ってきた。

若だんなが咄嗟《とっさ》に、転んだ鳴家を身の下に庇《かば》う。鬼が、もの凄い目つきで睨《にら》んできた。

「妙な声がした。さっき小さな鬼を見かけたな。何者だ。今、どこにいる？」

若だんなは押し黙って、ひたすらに鳴家を隠した。

懐《ふところ》に逃げ込んだ鳴家が、震えている。鬼の金棒が若だんなの眼前の地面を突く。地響きがした。震えが総身《そうみ》を走る。

（この金棒でぶつ気かな）

若だんなは歯を食いしばる。恐《こわ》い。でも、鳴家を差し出したりは出来ないではないか。

鬼は暫《しばら》く横にいて、若だんなを見下ろしていた。だが……やがて首を振ると、若だんなの横から去ってゆく。

（あれ？　行ってしまうよ）

起きあがった若だんなは一寸呆然《ぼうぜん》として、その背を見送る。横で冬吉が息を吐いた。

「恐い、恐い。金棒で殴られるかと思った」

惣助も震えている。若だんなはしばし黙っていたが……周りを見てから、やがて一つ頷《うなず》いた。思いついたことがあったのだ。

「鬼は殴らなかった。ああ、そうかと思った」

鬼は……子供達を痛めつける者では無いのだ。もしかしたらある意味、この河原での親代わりなのかもしれない。若だんなの言葉に、末松が明らかに疑わしげな声を出した。

「そうかな？　全然優しくないよ」

長い間、鬼に塔を壊され続けているから、納得できないのだろう。

「でも、河原で鬼に蹴《け》られるのは、石の塔ばかりだよ」

考えてみれば、鬼達が子供らに手を上げる姿を、若だんなは見たことが無かった。

「ここは地獄じゃない。これから各自、お裁きが待っている中陰の世界だもの。余程のことがない限り、鬼が子供達を打《う》つことは無いんだよ、きっと」

末松達が黙り込む。納得は出来ない様子だ。でもねえと、ここで冬吉が口を挟んできた。

「そりゃあ、助かる考えだ。でも鳴家達妖は、そもそもここへ来るべき者じゃない。見つかったら鬼がどう扱うか分からないよ」

若だんなが頷く。

「確かにそうだ。戻すなら急がないとね」

迷って先延ばしにしても同じ事だろう。鬼は河原から立ち去ったばかり。子供が減っても暫くは気づくまい。若だんなが立ち上がった。

「ならば、今から行こうかな」

「あ、われも」

冬吉が続く。それを見て惣助は震えた。

「おいおいおいおいおい。お前ら、止《や》めとけよ。こっそり抜けだしたのをもし鬼に知られたら、今度こそ許しちゃもらえないぞ！」

怒りを買って、三途《さんず》の川を渡してもらえなかったら、ずっと……永遠にこの河原で石を積み続けることになるかもしれない。

「ごめん。でも行くよ」

若だんなは小声で惣助に謝ると、隣で強ばった顔をしている末松に、金粒を託した。

「この金を持ったまま、私の姿が河原から消えたら、戻ってくるまで不安だろう。だからお金は、末松に預けておくね」

末松が、手の上にころりと転がった金粒をじっと見た。末松自身と若だんなと惣助、それに金のない子の命綱になる渡し賃だ。

「きっと妖達を元に戻してみせるよ」

そう言い置くと、若だんな達は静かに河原から離れ、闇に向かう。末松はただ立ちすくんでいた。

闇の壁の前に立つと、若だんなは、ずいとその中に頭を突っ込んでみた。途端、周りが全《すべ》て黒一色となる。「若だんな」後から来る冬吉の声に振り返ると、二人が分け入ってきた所だけが、身の後ろで穴のように闇を分けていた。そこからはまだ、河原が見える。小石の上に座り込んだ惣助が、目を皿のように見開き、強ばった顔をこちらに向けていた。

「何でお前らは、そんなことが出来るんだ？　くそぉ、何か言えよっ」

惣助の半泣きの声が、何故《なぜ》だか遠くに聞こえた。

だが若だんな達に、のんびり返事をする余裕は無かった。前も上も下も全てを真っ黒な何かに囲まれ、足を前に出してはいるものの、進んでいるのかどうかさえ心許《こころもと》ない。先が、ずっと闇ばかりであったら、どこまで進んでゆけるだろうか。

その時！　背後から突然大きな声がした。

「おおい、鬼！　この河原から逃げ出そうという奴《やつ》がいるぞっ！」

若だんなは咄嗟に河原を見た。冬吉も振り返っている。三途の川の河原からその甲高い声は聞こえていた。鐘の音のごとく辺《あた》りに響き渡ってゆく。

両の拳《こぶし》を握りしめ、壊れて半分になった塔の横で、末松が喚《わめ》き散らしていた。

6

「末松坊、何を言うんだ」

叫ぶ末松の横で、惣助が腰を抜かしてその顔を見つめている。河原の子供達が手を止め、立ち上がり、何事かと顔を見合わせるのが、若だんなには見えた。

末松は、歯を食いしばってこちらを睨んでいた。惣助の声が続く。

「どうして鬼を呼んだんだ。若だんなは、少しばかりお人好しな位、俺達に優しかったじゃないか。一緒に舟に乗ろうって、言ってくれたじゃないか」

このままでは妖達を現世に帰す前に、二人は鬼に捕まってしまう。そういう惣助に、年下の末松が大人のような表情を向けた。

「われは、騒ぎを起こしたかったんだ」

「は？」

「鬼達が皆で若だんな達の後を追ったら、見張りの目が薄くなる。その時、こっそり舟に乗ろうと思う。今日こそ川を渡るんだ」

騒ぎの最中なら、逃げられるかもしれない。末松はそれに賭《か》けてみることにしたのだ。

「さっき、金を持たない大人が河原にいたよね。まだまだいるさ。渡し賃を払う代わりに、その人達に舟を呼んでもらおう」

舟に乗り込む大人の中に紛れ、三途の川を渡るのだ。渡し賃は六文だが、船頭がつり銭をくれるとは思えない。だからこの金粒は、丸ごと一回の渡し賃に充《あ》てるしかない。一度しか機会は無いと、末松は言いつのる。

「ねえ、これっきりの機会だよ。惣助、一緒に川を渡ろうよ」

「おい、ちょいと待ってってば。その金で、皆で舟に乗って、向こう岸までゆく約束じゃなかったのか？」

若だんな達を置いてゆくのか？　どうして……。惣助の言葉を、末松が切った。

「もう少し待つって？　いつまで？　われは惣助よりも、かなり長くここにいる。ずっと、本当に長く石を積んでるけど、まだ川を渡れないんだ」

石の塔は壊され続けてゆく。一昨日も昨日も、今日も、そしてきっと明日も！　酷《ひど》く疲れてしまって……末松はもうこれ以上、石を積みたくないのだ。

「それに若だんな達は……きっと、ここへは帰っちゃ来ないよ。生き返って、おっかさんのところに帰るに違いないんだ！」

末松は青信の言葉を聞いていたのだ。生き返る者もいるのだと、己《おのれ》もそうだったと言っていた。若だんな達は、他の死者とは違う。突然河原に現れたのであり、物を食べ、影が濃い。どう見ても、末松の幼い目で見ても、まだ……死に切れていない！

多分あの二人だけは、ここから逃げることが出来るのだ！

「ちくしょうっ、ちくしょうっ」

末松の目に涙が盛り上がっている。両の足を、踏ん張っていた。

「なのに、若だんなはわれに金粒を預けていった。巧《うま》く現世へ帰れなくて、またここに戻ってくる羽目になったら、この金で三途の川を渡る気だよ」

ここで末松が、腰の引けた惣助の腕を摑《つか》んだ。金粒を顔の前に差し出し、見せる。

「だから叫んで鬼を呼んでやったんだ。若だんな達だけ河原から抜け出るなんて、ずるいんだもの。われもここから出たいんだものっ」

その幼い顔が、泣きべそをかいている。

「じきに鬼が大勢出てきて、若だんな達を追うよ。捕まるかな。そうなったら叱《しか》られて、舟には乗せちゃもらえなくなる」

鬼は若だんな達を引きずって、深く速く濁った流れの中に突き落とすかもしれない。

今も、何人もの罪深い連中が、溺《おぼ》れかけて苦しんでいる流れに。

「捕まらず、巧いこと現世に戻れたなら、もう若だんな達に金は要らない。どっちにしたって、金は全部われが使ってもいいのさ！」

末松が金粒を手にして高く掲げた。声は闇《やみ》の中にも響いてきて、若だんなは立ちすくんでしまう。冬吉が横で、歯を食いしばった。若だんなの方を向き、先を急がせる。

「若だんな、急ごう。闇の中を、どっちへ逃げたか鬼にばれない内に、早く行こう。鬼が追ってくる！」

だが若だんなは末松達から、目が離せない。

「あの金……残してくるんじゃなかった」

ここは冥界《めいかい》だ。三途の川のほとりだ。今から己の身に、生前の因果応報を問われる場所なのだ。天界にも地獄にも続いている、裁きの場であった。仏が、鬼が、全てを見ている。

「こんな場所で鬼の目を誤魔化《ごまか》したりしたら、三途の川を渡った先で、どうなるか」

末松を止めたい。だが今河原に戻れば、鬼に見つかってしまう。そうなったら、鳴家《やなり》達を逃がしてやれなくなる。

（どうしたらいい？）

若だんなは困り切って、動けずにいた。

その時。

「我にちょうだい」

辺りに暢気《のんき》な声が、はっきりと響いた。見れば鳴家が、嬉《うれ》しそうに末松の掲げた金粒の方へ、手を伸ばしている。若だんなに渡した金粒を、いつの間にやら末松が持っていた。若だんながいらないのなら、欲しいと思ったらしい。

その声を聞き、河原に出てきた鬼が動いた。若だんな達のいる闇に向かって、突き進んでくるのが分かる。末松の目が鬼に向けられた。若だんなが叫んだ。

「惣助、末松を守ってやって！」

声の方へ鬼がなだれ込んでくる。その後ろで惣助の手が動いた。末松の手を、ぱしりと引っぱたいたのだ！

金粒が指先からすっ飛んだ。

「あっ」

薄い光の筋を残しつつ金粒が飛んでゆく。落ちていった先は、三途の川の濁流であった。

ぽちゃ……ん。

小さな音が、それでも確かに聞こえてきた。

「あ……あ、仏の加護があった」

若だんなは、思わずそう漏《も》らしていた。あの場所では、金を拾う訳にはいかない。

末松は、もう誤魔化しをせずに済むのだ。惣助が立ちつくす末松に、話しかけている。

これできっと二人は、いずれはちゃんと塔を積み上げて、その先へゆける筈《はず》であった。

「良かった……」

ほっとした途端、若だんなはその頬《ほお》を、いきなりぴしゃりと叩《たた》かれた。冬吉だ。

「逃げるぞ！　捕まりたいのか」

気が付けば、鬼達が立てる足音の地響きが、迫ってきている。

「ひえっ、ごめんっ」

末松の言葉は、鬼を呼び、恐れと思惑を呼び、道は今も賽《さい》の河原へ続いているにもかかわらず、二人の退路を絶ってしまったのだ。

金棒を引く恐ろしげな音がする。鬼達の巨体故《ゆえ》か、足音と共に地面が揺れる。若だんな達は闇の中ではぐれぬように手を繋《つな》ぐと、鬼の気配とは反対の方へ、闇の中を急いだ。必死に、それこそ現世にいたときには覚えが無いほど、駆けて駆けて、先へと身を運んでいった。すると。

「あれ？」

いくらも行かない内に、二人は驚きの声を上げた。ずぼりと闇から抜け出した、という覚えも無かったのに、いつの間にやら並んで山裾《やますそ》の道を走っていたのだ。周囲から闇が消えていた。

明るくなった途端、「きょんわーっ」と、嬉しげな鳴家達の声が上がる。

「やっぱり三途の川から出る道はあった！」

振り向けば道は曲がりくねり山に阻《はば》まれ、すぐ後ろの風景すら隠れてしまって、三途の川はもう見えない。しかし二人が賽の河原から逃げて来たのは、夢ではない。鬼達が追ってくる地響きが、一層迫ってきているからだ。

「拙《まず》いねえ。このままじゃ追いつかれる。罰として地獄へ落とされるかな」

若だんなの言葉に、冬吉が渋い顔をする。

「若だんながぼやぼやしてたからだろ。そうすると袖《そで》の妖《あやかし》達も、一緒に地獄行きだよ」

「そりゃ困る。でも末松が無茶をせずに済んで、良かったよ」

さてこの先どうしようかと、若だんなは息を切らして走りつつ、必死に考える。

「とにかく何か役に立つものを、持ってないかな」

若だんなと冬吉は、袖の中や懐《ふところ》、紙入れまで探した。袖の中を探る手が触れ、くすぐったかったのか、鳴家達が「きゃたきゃた」と笑う。出てきたのは、冬吉の銭《ぜに》と菓子の残り、それに沢山の、若だんなの薬くらいであった。

「若だんな、どうせなら薬じゃなくて、黄泉《よみ》の国からの遁走術《とんそう》、なんていう本でも持っててくれたら良かったのに……」

冬吉の言葉に、そんな題の本は見たことがないと、若だんなが笑った。

「第一私は、本を持ち歩かないんだ。私の兄《にい》や達ったら、遅くまで読んでいると体に障《さわ》るって、すぐ本を取り上げて……」

走りつつ、また口の中が妙な味だと、若だんながぼやく。

「その代わり、兄や達は、よくお話をしてくれたけど」

こんな時にさえ思い出すのは、長崎屋のこと、兄や達のことだ。若だんなときたら一人になった途端、この通り困り果てている。ずっと妖達を頼ってきたせいだろうか。

少し走った位で、足までよろけている。

（でも、私一人でちゃんと、鳴家達をここから逃がしてやらなきゃ）

大きな鬼が追ってくることを知ってか知らずか、鳴家達は暢気に袖の中で笑い、唄《うた》まで口ずさんでいる。駆けっこが面白いのだ。唄は幼い頃寝付いている若だんなの枕《まくら》元《もと》で、兄や達が歌ってくれたものであった。

「鳴家達はよく一緒に寝ていたから、唄やお話を覚えちゃって……」

そう言った途端、思いがけない案が、若だんなの頭に浮かんできた。

「そうだ……お話！　覚えているよ！」

若だんなは伊邪那岐《いざなぎ》、伊邪那美《いざなみ》の話を思い出したのだ！

7

「は？　何それ？」

冬吉の訝《いぶか》しげな問いに、伊邪那岐、伊邪那美は、日《ひ》の本《もと》の神代の話に出てくる夫婦の神だと、若だんなは答える。

伊邪那岐は愛《いと》しい伊邪那美を失うのだが、それに耐えられず、亡《な》くなった伊邪那美を黄泉へ迎えに行くのだ。亡くなって日の経《た》っていた伊邪那美の体は、既に蛆《うじ》が湧《わ》き、腐ってきていた。見てはいけないと言われていたその姿を見た伊邪那岐は、黄泉の国から逃げ出してしまう。

伊邪那美は約束を破られたことに怒り、伊邪那岐に追っ手を差し向けた。

「現世に向かい黄泉比良坂《よもつひらさか》を駆けているとき、伊邪那岐は追っ手から逃げる為《ため》、頭に付けていたものを、道に投げつけたんだ」

最初に投げたのは、伊邪那岐が頭に付けていた輪だったと思う。それは地に落ちて山葡萄《やまぶどう》の木となり、実がなった。追っ手がそれを食べている間に、伊邪那岐は逃げたのだ。

だが山葡萄を食べ終えた者達に、また追われる。伊邪那岐が次に投げたのは、確か櫛《くし》で、それは筍《たけのこ》となって生えた。追っ手はまたしてもそれを食べ、その間に伊邪那岐は、何とか逃げ切ったのだ。

「ここは冥界だ。私達も、同じことが出来ないかな。鬼を足止めするんだよ」

「やってみよう。若だんな、何を投げる？」

冬吉と頷《うなず》きあうと、若だんなは試しに、袖に残っていたあめ玉を後ろに投げてみた。ころんと薄赤いあめが冥界の地を跳ねる。転がり、やがて止まると、昔語りに聞いた話のままに、地面から木が生え花が咲いた。実がなり、たちまち大きく育つ。ほんのりと色づいたのは甘そうな桃であった。

「わっ本当に、あっという間に果物が実った」

「やった！」

その場から急いで逃げると、追ってきていた鬼共の足音が、後ろでぴたりと止まった。野太い歓声が聞こえてくる。一斉《いっせい》に実にかぶりついているに違いない。

「巧くいった！」

若だんな達は必死に先へと進んだ。だが道はなだらかな登りとなっていて、走るに辛《つら》い。その上直《す》ぐ、二人の表情は曇ることになった。

「若だんな、桃はあっと言う間に無くなっちゃったみたいだね。岩山の向こうから、また鬼が近づいて来る足音がするよ」

「大食らいな奴《やつ》らだねえ」

食べ過ぎは身に良くないよと、若だんなが溜息《ためいき》を漏らす。じきに足音は一層大きくなってきた。その巨大な姿が、蟻《あり》のように小さく道の果てに見えてくる。若だんなと冬吉が、顔を強《こわ》ばらせた。

「じゃあ今度は……道に、銭を投げてみようか？」

冬吉が言い出した。冬吉の懐に、使わなかった六文が残っていたのだ。

「いくよ。それっ」

冬吉が、銭をなるたけ遠くに投げる。地から何が生えてくるかと、若だんな達は一寸《ちよつと》後ろを見た。六文銭は堅い音を立てて弾み、坂道を三途《さんず》の川の方へ転がっていく。

ころころと進み止まらない。地から木が生える事もなく、銭は、先へ先へと転がってゆく。

「あれ？　今度は上手《うま》くいかないのかな？」

ただ、何故《なぜ》だか銭の数が、妙に増えている気がした。始め銭は地にぶつかって、軽い、かつかつという音を立てていた。それが段々ざらざらと、川が流れるような音に変わっていったのだ。

「どうなってるんだ？」

銭は増える。どんどんと増えた。その内太い流れとなって鬼達に向かっていったのだ。

「うわっ、銭の川だっ」

「これは、たまらぬっ」

数多《あまた》の銭が鬼の体を打つ。その足をすくう。鬼達はじりじりと、三途の川へ押し戻されていった。喚《わめ》く声が遠ざかってゆく。

「やったね、若だんな」

「銭が賽の河原にまで流れ込んだら、金の無い死者が、助かるかもしれないよ」

若だんなは冬吉と、顔を見合わせ笑う。

ところが。

突然、かつんっと小さな音がしたのだ。耳元を虫のようなものが飛んでいった。

「あれ？　何かしら」

若だんなが首を傾《かし》げた途端、「いてっ」と声を上げ、冬吉が顔を顰《しか》めた。

「どうしたの……いたっ」

若だんなも首をすくめる。

「あいてて っ」

「何だこりゃっ」

飛んできて手を打った物が、地面に転がる。見ればそれは銭であった。恐る恐る後ろを見る。すると銭を掻《か》き分け、鬼が迫ってきていた。しかも金棒で銭をこちらに打って、飛ばしているではないか。

「ひえぇっ、助けてっ」

銭のつぶては蝗《いなご》の群れのように飛んできた。その内一つを受け、若だんなが地面に転ぶ。その時、お獅子《しし》もつぶてを食らってしまい、悲鳴を上げた。付喪神《つくもがみ》たる妖の本体、懐に入れてあった印籠《いんろう》が、ぱかりと蓋《ふた》を開ける。山と入っていた薬が、中からこぼれ出た。

すると。

「わあっ、こりゃ何だっ」

驚きの声を上げたのは、冬吉であった。落ちた薬はたちまち、木のように大きな薬草となって、冥土《めいど》の道に生えたのだ。

だがそれはすぐに飛んできたつぶてで倒された。数多の銭で刻まれると、川のように流れる薬と化したのだ！　辺《あた》りに苦い匂《にお》いが満ち、鬼も、冬吉も、若だんなも薬まみれとなった。思い切り飲み込んでしまう！

「げほげほげほっ」

「うえっ……ぐほっ」

「ぎょぴーっ」

「どわわぁ……ぐえ」

後ろからも、低く太い悲鳴が聞こえる。

桃よりも銭よりも、これが一番鬼には効いたようであった。仁吉特製秘薬のあまりの味に、鬼たちは皆地面に這《は》いつくばったまま、起き上がることも出来ない。もっともこちらも同じで、ただ目を白黒させていた。

ところが！

　この時まっ先に立ち上がったのは、若だんなであった！

　若だんなは虚弱だ。極め付きだ。冥土でもそれは際《きわ》だっており、ここまで弱くてまだ死んでいなかったのかと、呆《あき》れた鬼がいたくらいだ。

　だが！　それ故にただ一つ、薬湯を飲むことに関してだけは、お江戸どころか冥土の皆の中でも、一番の強者であったのだ。どんな薬でも、若だんなは飲み慣れていた！

「冬吉、今の内だ。逃げるよっ」

　そう言うと、連れの手を握り先へと歩み出す。「どええ……」まだ正気になっていない冬吉と妖達を立たせ、背を押すと、前へ進んでいったのだ。

「でも不思議だね。私はどうして、こっちが前だと分かるんだろう」

　ここで若だんなは、少しばかり首を傾げた。辺りは道からはみ出した薬で、緑と茶色と濁った白に埋まっている。なのに山ほど薬を飲んだら、一方が明るくなった気がしたのだ。

「ねえ冬吉、あっちが出口だという気がするんだけど、どう思う？」

　相棒は、やっとのことで顔を上げ……こちらも不思議そうな顔をする。

「確かに、向こうが明るいね。今、急に明るくなったというか」

「きょんぴー」

鳴家《やなり》達まで袖《そで》から出ると、薬まみれの顔を並べて鳴く。頷いている。その時若だんなは顔を上げ、道の先の明かりを見つめた。その向こうから、懐《なつ》かしい声が聞こえてきたのだ。

(冥土で聞くことがあるという、身内の声だろうか)

咄嗟《とっさ》にその話を思い出す。しかしこの声は、ただ若だんなの名を呼んではいなかった。二人分の声で、不吉な相談をしていたのだ。

『今、若だんなの声が聞こえた気がしなかったかい?』

『した、した。きっと、何度か飲ませた薬が効いたに違いない』

『ならばもっと濃い薬を使ってみよう』

『若だんなを、この世に戻すんだよ!』

若だんなは、何度も口の中でとんでもない味がした訳を悟った。先に知り合った青信の友がしたように、兄や達が若だんなに薬を飲ませていたのだ。

とんでもない味の、薬を!

「仁吉、佐助、もう薬は山のように飲んだから、十分だよ。これ以上は止《や》めておくれ」

次はどんな物を飲まされるのか、ちょいと恐《こわ》くなった若だんなは、明かりに向かってそう言ってみた。それより、兄《にい》や達が声の届くところにいるのなら、何とか妖《あやかし》達を受け取ってくれぬものか、尋ねたかったのだ。

「ねえ、妖達をそっちに戻す方法はないかな」

ところが。長崎屋の兄や達は、天上天下だけでなく冥界、天上界の内に大事なのは、若だんなだけという手合いであった。だからこの時も妖の話など、さっぱり聞いてはくれなかったのだ。

『思い切って、こいつを使ってみよう』

仁吉の、妙に腹の据わった声がした。

『最後の手段というやつだね。なら、たっぷり、浴びるほどの量にしなくては』

不吉な物言いは、佐助のものだ。その声が聞こえたのか、鳴家達が首をすくめ、袖の内に隠れる。若だんなは背にぞくりとしたものを感じ、立ちすくんだ。冬吉の声がする。

「あの声は誰？　何が起こるんだ？」

若だんなが強ばった笑みを向けた。

「冬吉、多分……鬼に追いかけられるより、恐いことになるかも」

「今以上に……酷《ひど》いこと？」

冬吉の目が見開かれた途端！

明かりの向こうから緑沼のようなものが降ってきて、二人と妖達を押し包んでいった。

8

「ぶぎゃわーっ」

目の前は真っ白であった。いや、緑色であった。その中で、鳴家のものだろうか、お獅子であろうか、悲鳴とも雄叫《おたけ》びともつかぬ声が聞こえている。

「なんて味だ……殺される……」

冬吉の力無い声も耳にした。死ぬほど不吉な味の薬を飲み込んでしまったらしい。だがその姿は、あっと言う間に煎《せん》じ薬の向こうへと消え、どこへ行ったか見えなくなる。

遥《はる》か先から、鬼達の悲鳴のような咆哮《ほうこう》が聞こえてくる。冥界の鬼に頭を抱えさせる煎じ薬を作れるとは、やはり兄や達は妖であった。

「うぐ……本当に、これは……」

最強の病人を誇る若だんなにして、この冥界の沼のような色味の薬はきつかった。衝撃が頭のてっぺんまで突き抜ける。思わず両の目をつぶった。それでも目の前で光がはじける。総身《そうみ》が震える程の味であった。これでは薬のせいで死にそうだ。

(……ああ、死ぬ。最後に栄吉の甘い饅頭《まんじゅう》が食べたい)

今なら栄吉が作った餡子《あんこ》がどれほどまずくても、美味《おい》しく食べられそうであった。

だが若だんなは、ここで一つ気付いて首を傾げる。

(私はもう、死んでいるんだっけ)

死んでいるのに死にそうだとは、どういうことなのか。気持ちが悪い。たまらない。叫び出しそうであった。若だんなは落ちてゆくのか流されているのか分からないまま、ただ思い切り一言喚いていた。


「まずいっ」

はっきりとした己《おのれ》の言葉で、若だんなは目を覚ました。

するとこちらを見下ろしている顔がある。それは何故だか冬吉では無く、二人の兄やの顔をしていた。

「あれ、兄や達だ」

一言そう言うと、二人が飛びつくように、布団《ふとん》にすがってきた。

「若だんなっ、気が付いたんですねっ」

「旦那《だんな》様とおかみさんに知らせといで。早く！」

ばたばたと、部屋から小僧が出てゆく足音がする。若だんなは、己が布団の中にいることを知って、眉《まゆ》を顰《ひそ》めた。

「あれ、私は冥界にいたと思ったんだけど。あれは夢だったのかしら」

「若だんな、若だんなは火事の煙を吸って、死にかけてたんですよ」

佐助が目に涙を溜《た》め、事情を教えてくれた。いま寝かされていることは、かかりつけの医師源信《げんしん》の家なのだという。

「長崎屋は、火事で焼けたんです」

今回の火事で、通町《とおりちょう》一帯は随分火をもらってしまった。大勢が焼け出されたのだ。

「長崎屋で焼け残ったのは、三戸前《とまえ》の土蔵と穴蔵だけでした。でも旦那様方や店の者、妖達は、皆無事です。あたしらは若だんなを、最初に運び出したんですが」

仁吉がまだ、強《こわ》ばったような顔で言う。

「煙を吸った途端倒れて、若だんなは二日も、目を覚まさなかったんですよ」

心配で母のおたえが倒れ、やはり今、この屋で寝かされているらしい。

「あれまあ、じゃあ、あそこは本当に賽《さい》の河原だったんだ」

よくぞ帰ってきたと驚いていると、袖からもそもそと出てきた者達がいる。鳴家とお獅子で、まだぶへぶへと言い、口を動かしている。飲み込んだ薬が余程苦かったらしい。

しかし。若だんなは嬉《うれ》しそうにその様子を見ていた。

「良かった！　私はちゃんとこの子達を、この世に連れて戻ってこれたよ」

色々あったのだと言うと、兄や達はただ、うんうんと言って涙顔で頷《うなず》いている。その内、両親が源信と共に、部屋に駆け込んできた。涙と共に手を握る親を見ると、本当に己は死にかけたのだと思う。

（一緒にいた冬吉、あの子はどうしたかな）

影の濃い子であった。側《そば》で同じように薬を飲み込んでいた。もしかしたら日の本のどこかで、今頃目を覚ましているかもしれない。

（いつか、会えることもあるかしら）

色々気に掛かることは他にもある。どうにもならぬと、分かっていることもあった。

（惣助は、末松は、あの後どうしたかな）

まだあの河原にいて、石を積んでいるのだろうか。喧嘩《けんか》をしていなければいいが。もう会えないと思う。それでもずっと末松達のことは忘れないだろう。

「何か……まだ夢を見ているみたいだ」

ふとそう漏《も》らしたとき、源信が盆を手に、枕元《まくらもと》へ寄ってきた。兄や達が載っている薬を見て、これは効くと嬉しそうに笑う。若だんなは薬を見て、目を大きく見開いた。

盆の上には、先程冥界に降ってきた、あのとんでもない味の一服とそっくりな薬が、載っていたのだ。

ちんぷんかん

序

武士の子であった秋英《しゅうえい》が寺の僧になったのは、九つの時であった。

武家の貧乏はよくある話であったし、それでなくとも次男三男は、養子の口を待つしかない身の上だ。よって第三子の末っ子は、早々に出家することとなったのだ。秋英は、江戸は上野にある、広徳寺《こうとくじ》という寺に入った。

まだ子供であったので、母が恋しい。だが寺は秋英にとって、思った以上に大変な場所であったから直《す》ぐに、家を思い焦《こ》がれるどころでは無くなっていった。

まず寺に向かった当日、とんでもないものを秋英は目にしていた。唐渡りなのか、驚くほど大きな犬が、門の内を歩いていたのだ。尾や首元の毛が渦巻いており、その上に恐ろしげな顔が乗っている。

(あんなものが居るなんて、恐《こわ》い……。もしかして、寺で飼っているんだろうか)

震えて中に入れずにいると、秋英を見かけた僧が手を引いて、犬の横を通してくれた。その僧に付いて歩き、やっと堂宇《どうう》の内に入れてほっとする。今日から秋英も、広徳寺の住人の一人となるのだ。

(ここがわれの居場所なんだ)

ところが、新しき場所で暮らしてゆくのは、簡単ではなかった。

寺に入ってすぐ、秋英は先輩僧に連れられて、他の御坊《ごぼう》の元へ挨拶《あいさつ》に伺った。すると、とある部屋で、秋英は先程犬の横を通してくれた僧に出会ったのだ。

「こちらが、妖《あやかし》退治で高名な寛朝《かんちょう》様です」

そう告げられ、慌《あわ》てて頭を下げた。

広徳寺は江戸では名の通った寺であった。江戸に数多《あまた》ある寺の中でも、図抜《ずぬ》けて人に知られている。その理由の一つが、妖退治の法力を持つ御坊がいるということなのだ。

その寛朝はまだ三十代だったが、偉丈夫《いじょうふ》で、面と向かうと迫力がある。秋英は後で知ったのだが、寛朝は僧とは思えぬ奔放な性格であり、寺の最高位である住持ですら持てあまし、遠慮していると言われていた。

挨拶をしたとき寛朝は話の途中だったようで、ちらりと秋英を見た後、向かいの僧との会話を続けた。

「延真《えんしん》様、住持は私に、どうしても弟子を取れとおっしゃるのですか？」

「寺のため、是非にお願いしたいですな。この寺にはどういう訳か、妖についての相談事を持って来られる方が多いので」

お前のせいだと、延真が暗に匂《にお》わせている。だが人ならぬ妖の事に上手《うま》く対処出来るのは、今のところ寛朝のみであった。このまま寛朝が歳《とし》を取って死んでしまったら、妖相手の相談事に手が打てなくなってしまう。

だがその言葉に、寛朝は苦笑を返した。

「まだ若い私の死後を、今から考えておいでとは」

「病に罹《かか》るやもしれませんから」

だから早く後継者を作れという訳だ。寛朝が口元をひん曲げた。

「何人かで妖にかかわる相談事に当たれば、数をこなせて、寺への寄進がもっと増えますな。住持はそう思っておいでなのかな」

「存じませんな」

とにかく住持からの命だと、延真は言い張る。するとここで寛朝が、にやりと笑った。そして不意に、秋英の方を向いたのだ。

「じゃあ弟子を取りましょう」

「おお、その気になられたか」

「今日来たこの小坊主さんにします。若い方が覚えが良くてよろしい」

「は？　私はご挨拶に参りましただけで……」

「何でまた、寺に来たばかりの者を……」

突然の指名に、言われた秋英も周りも驚いた。しかし寛朝は、弟子を取れと言うから取ったのだと言う。しかも当分他には弟子を取らぬと、開き直ってきた。それを聞いた延真が顔を赤くし、小声で文句を言っている。

「入ったばかりの役立たずを、弟子にするとは！　他の僧に、妖退治の法力を授けよという話を、はぐらかす為《ため》に違いない」

要するに寛朝は、ちゃんとした弟子を育てるのが、面倒くさいのだ。それで小坊主を雑用係代わりに置き、誤魔化《ごまか》すつもりなのだろうという。この考えには、当の秋英も頷《うなず》いた。

しかしとにかく秋英は、この時寛朝の弟子に決まってしまったのだ。思った通り、寛朝は秋英に身の回りの世話を命じるだけで、妖を見る為の、特別な修行なぞさせることも無い。おかげで寺に来たばかりというのに、秋英は他の僧達に睨《にら》まれてしまった。

「あの秋英という子は、ちゃんと妖退治の修行をしているのか？　本当に役に立つというのか？　ならば、本当に対処できるか確かめる為に、あやしの者をけしかけてみようか」

そんな話まで聞こえてくる。いくらもしない内に、寺にいるのが恐くなった。

（もう嫌だ。逃げ出そう）

ある夜、寝静まった堂宇から、秋英は一人抜け出した。明るく蒼《あお》い満月の下を、門前まで駆けていく。だが行き着いた途端、立ちすくむこととなった。正門の横、人が常に出入りする脇戸《わきど》の真ん前に、いつ入り込んだのか、先に一度見た大きな犬が座っていたのだ。

秋英はまたしても、その犬の側を通ることが出来なかった。今度は寛朝の助けは無い。おまけに足を止めると、他にも寺から出て行けぬ事情が頭に浮かんで来てしまった。

（今、門から駆け出ていっても……帰る所が無いじゃないか）

秋英が逃げ帰ったからといって、出家に伴い、実家が寺へ渡した寄進が戻ることは無い。無理をして、親が掻《か》き集めてくれた金子《きんす》だと知っていた。実家に帰り秋英が顔を見せたら、親は黙り込んで、疲れたような顔をするに違いない。そうと分かっていた。

（でも他に、何処《どと》に行こうというんだ？）

当てはない。秋英は寺に残るしか無かった。

つまり師は、寛朝のままであった。

そして広徳寺の僧らの不満は、残ったまま。

秋英が、役立たずだという事実も、そのままだ。

（寛朝様はどうして、こんな私を弟子にしたのだろうか）

大きな疑問と泣きそうな気持ちを抱えたまま、秋英は僧として、修行を続けていくこととなった。だが勿論《もちろん》、当然、何年経《た》っても妖退治が出来るようになる訳もない。

何故《なぜ》。

何故この身が、寛朝のたった一人の弟子なのだろう。

秋英には、とんと訳が知れないままであった。

1

「寛朝様！」

「寛朝様、お客人がお見えです。どちらにおいでなんですか。寛朝様！」

天気の良いある日の昼下がり、秋英は師を探しながら、広徳寺堂宇の廊下を歩き回っていた。

秋英が広徳寺に来てから、既に十三年がたっている。気が付けば秋英は二十二歳、師の寛朝は今や、直歳寮《しっすいりょう》の長だ。秋英は、今では師の片腕として、細かい雑用を一手に引き受けていた。師が未《いま》だに、他に弟子を取らぬせいだ。

江戸市中で寛朝の名は上がっており、広徳寺へ来る客人も寄進の額も、益々《ますます》多い。だが師ときたら、相変わらずやりたい放題の人柄のままであった。

秋英は、師の気まぐれにもすっかり慣れたとはいえ、そのおかげで雑用が増えるのには、いささかうんざりしていた。まず、どういう訳か、部屋に居た例《ためし》が無いのだ。

「ええい、寛朝様に、紐《ひも》でもくくり付けておきたいね」

その時、広い庭の木立の向こうで、耳慣れぬ声がした。

「お待ち。お獅子《しし》、そっちへ行っちゃあ駄目だってば」

秋英が急いで僧堂の左翼に回ると、庭に小さな犬を追って走る若い姿があった。その後を、二人の町人が慌てて追って行く。

「若だんな、走ったら五種類くらいの病に、罹っちまいますよぉ」

秋英がにこりと笑う。

「ああ、今日は長崎屋の若だんな、一太郎《いちたろう》さんがお見えになってたのか」

では寛朝も相手をして、客間にいるに違いなかった。長崎屋は気前がいい。若だんなが連れの手代《てだい》達と来たときは、小判包みの一つも寄進していくから、寛朝は最優先で会うのだ。

「だけど他にも相談事のあるお客人が、部屋で待ってらっしゃるんだけどなあ。しかも片方は、初めてのお方だよ」

檀家《だんか》でもないのに、わざわざ広徳寺にきたということは、妖のことで悩みを抱えているのかもしれない。そうであれば、他の僧に相手を頼む訳にもいかなかった。

「さて、どうしたものか」

秋英が一つ息をついたとき、庭で大きな声が上がった。

「ありゃあっ」

「きゃうんっ」

情けない悲鳴が重なる。今は葉ばかりの梅の木の側《そば》で、若だんなが兄《にい》やの手代達に捕まっていた。さっそく暖かい羽織を着せられ、走るな、長く歩くな、寝ていて欲しいと、説教されている。その横では犬も、寛朝にとっ捕まっていた。首筋の毛が渦巻いている犬は、ばうばうと情けなさそうに鳴いている。

「あれま寛朝様、もっと優しく扱わないと。犬の頭が真下を向いて……」

秋英は苦笑を浮かべた後、ちょいと首を傾《かし》げて犬を見た。

(あれは……犬だよね？お獅子という名らしいけど、何という種だろ。毛が巻いていて、昔この広徳寺で見かけた犬に、似てるよ)

秋英が思わず、寺に来た日を思い返していると、庭先から寛朝が声を掛けてきた。

「どうした秋英。私を捜しに来たのか？　もしかして今日も相談事を抱えた方が、見えているのかい？」

「はい、二組ほど。片方はいつもの讃岐《さぬき》屋さんです。もう一組は初めておいでの方で、娘御とお見えです」

まだ早い刻限ゆえ、他にも来るかもしれぬと言うと、寛朝は犬を小脇に抱えたまま、息を吐いた。横で、がっちり兄や達に両脇を抱えられた若だんなが、苦笑している。

「やれ、お忙しいですね。私の相談に乗って頂く余裕が、おありでしょうか」

　すると、寛朝はにこやかに頷いた。

「なに、二十五両も寄進を頂いたからには、長崎屋さんの相談事は、寛朝、ちゃんと解決して見せますぞ。しかし他の客人方を、あまりお待たせするのもお気の毒だ」

　師の言葉を聞いた秋英の口から、小さくため息がこぼれ出る。どうやら寛朝様ときたら、全員の寄進を逃したくないらしい。

（讃岐屋さんは、気前が悪くないからなあ。新しく来た方にしても、初回であれば寄進が期待出来る。さて師は、どうなさるおつもりかな）

　するとここで寛朝は、何やら思いついたらしく、笑みを浮かべた。そして秋英に、僧延真を呼んでくるよう言いつけたのだ。

「私はこれから直歳寮の部屋で、しばしの間若だんなの相談に乗ってさしあげる。そこに延真様を、お連れしておくれ」

「は、はい」

　秋英は直ぐに、その場を離れた。だが何とはなしに、不安な気持ちが湧《わ》いてくる。

（仲の良くない延真様を呼べって？）

　寛朝が、どう事を収めるのか気になる。仕えて十年以上も経つと、師僧の良き所ばかりでなく、とんでもない面も見えているから、心配になるのだ。

（寛朝様がこうなったのは、教えを請うた、亡《な》き師僧のせいかねえ）

僧堂の廊下を歩みつつ、ふとそう思う。寛朝の師は和山《わざん》といい、愛弟子《まなでし》に諸事教え込み高僧に育てあげた、立派なお方であったらしい。しかし和山が教えたのは、どう考えても僧としての徳だけではなかったのだ。何しろ寛朝に一番力を入れ伝授したのは、寺への寄進を集める方法だったという！

寺といえど世間と同じく、筆一本買うにも金子がいる。おまけに広徳寺には、寺社領が無い。蔵米を頂いているが、それだけでは到底足りるものではなかった。諸大名家を檀家に持つ寺だというのに、どういう訳だか毎年、かさむ出費に悩む。

（まあ大概の寺では、湯水のように金を使うなど、思いも寄らぬご時世だものねえ）

そんな中、金集めに長《た》けた寛朝は、妖封じの技すら寄進につなげていた。妖についての相談は特別だから、客から多くの寄進を頂ける。妖封じのお札は、五枚で二両二分だ。それが高いか安いかは、秋英には分からない。だが師ほど金子を集められる僧はおらず、よって寛朝は寺内で発言力があるのだ。

もっとも寺の高位の方々は、金を集められるだけでは徳には繋《つな》がらぬと、寛朝によく釘《くぎ》をさしていたが。

（じゃあ金を使うだけの方が、徳が増すっていうのかね？）

しかし寛朝はおおらかというか、爺様坊主方《じいさまぼうず》の言葉をあまり気にはしていないようだ。だがその態度が、またまた気に障《さわ》るという細かい気性の御坊もいるのだった。例えば石頭の延真だ。

(しかし寛朝様は、こすっからいことは、されないよなぁ。金だって、いくらかはご自分の懐《ふところ》に入れることも出来るのに、ちゃんと全額寺に差し出してしまうし)

僧衣はともかく、高価な品を買ったり奢《おご》ったものを食べるくらいは、僧でも可能なのだ。だが寛朝は贅沢《ぜいたく》をするでもなく、結構飄々《ひょうひょう》と毎日を送っている。忙しいと一応文句は言うが、頼ってきた者をせっせと救っていた。

(ですからねえ、私は師を尊敬いたしておりますよ。ええ、そうですとも)

秋英は本気でそう思っているのだ。少々……大分変わり者の師匠であるから、時々ぱしりとその坊主頭を叩《たた》く夢を見たりするが。

広徳寺に来る人々も、数多《あまた》いる僧侶《そうりょ》の格を見極めているようで、最近はとみに、寛朝を名指しでやってくる客が増えている。それで、かち合うことも多くなっていた。

(しかし寛朝様が、延真様にご用とは。はて珍しい。どうするつもりかしら……)

何となく危ういような、不安な気持ちになる呼び出しだと思う。首を振りつつ廊下を行くと、何故だか今日は変に床が大きく軋《きし》む。まるで何かが潜んでいて、面白がって床を鳴らしているかのようであった。

(変だな。妙な事の前触れで無ければいいが)

秋英は軽く唇を噛《か》むと、それでも急いで直歳寮を出て行った。

2

「秋英、今日長崎屋の若だんながおいでになった用は、何なのだ?」

「延真様、寛朝様は何も、おっしゃっていませんでしたが」

「おや、聞いていないのか。ふうん、妖《あやかし》を見ることすら出来無い不肖の弟子に言っても、無駄だと思われたのかね」

「……申し訳ありません」

秋英は延真と連れだって、長い寺の廊下を歩みながら、こっそり顔を顰《しか》めていた。

(全く延真様ときたら、万事に細かい上に、嫌みなんだから。長崎屋さんから幾ら寄進があったのか、気になっているんだね)

長崎屋は、江戸でも繁華な通町《とおりちょう》に店を開いている、廻船《かいせん》問屋兼薬種《やくしゅ》問屋だ。跡取りの若だんなは、上野の寺どころか、蝦夷地《えぞち》にまで噂《うわさ》が届くほどひ弱であった。そのせいか長崎屋では両の親も手代の兄や達も、いっそ天晴《あっぱ》れと驚くほどに若だんなに甘いという。

(そんな体だから、若だんなは滅多に、上野にある広徳寺までは来ないんだけど)

それでもたまに顔を見せるのは、他の寺では、用が足りぬ事があるかららしい。師は言わぬが、どうやら長崎屋は妖と関わりがあるようなのだ。以前広徳寺に猫又《ねこまた》が出た一件にも、長崎屋は関わっている。若だんなの兄やである手代二人は、ただの人とは思えぬ者であった。

(そのせいかしら、長崎屋さんへの応対は、他の僧には任せないもの。いつも必ず寛朝様ご自身がなさる)

寛朝が特別扱いする相手故《ゆえ》、延真も長崎屋が気になるのだ。直歳寮の部屋に着くと、障子の向こうから寛朝の声が聞こえてきた。

「部屋に集う者達の間で、最近急に喧嘩《けんか》が増えたとな。若だんな、それで浮かぬ顔をしているのかい?」

「それだけでは無いんですよ。若だんなは兄上の縁談のことも、気にしておいでで」

「おや仁吉《にきち》さん、松之助《まつのすけ》さんに、また話が来ているのかい。いい加減、決まるかの。でもそのことを、若だんながどうして気にしているんだい?」

興味があるのか、延真が黙って、若だんなの話に聞き入っている。

（これでは盗み聞きになってしまう）

そこで秋英は、さっさと部屋内に声をかけ、すいと障子を開けた。

「これは延真殿、ご足労願って申し訳ない」

長崎屋の者達が、延真に一礼する。話を一寸《ちよつと》止めた寛朝が、招き入れた延真に満面の笑みを向けてきた。

（やっぱり妙だ）

秋英は師の上機嫌に、何故だかぞくりとしたものを感じ、その顔を覗《のぞ》き込んだ。だが寛朝は秋英の方を、見もしない。長崎屋にしばし時を貰《もら》うと、柔らかな口調で延真に話を切り出した。

「延真殿、実は拙僧、困っておりましてな」

突然の言葉に、延真が目を見開く。寛朝は、客人が重なり手に余っているのだと、実に正直に話し出した。

「しかし広徳寺に来られた客人を、あまりお待たせするのも申し訳ない事だ。それでですな、客人との面談、延真殿にもお願いできぬかと思いまして、ご足労頂いたのです」

「しかし……その、寛朝様と会うために来られた方々では、ないのですか？」

思わず延真が逃げ腰になったのは、遠慮したのでは無い。寛朝の客であれば、妖絡《がら》みの話が多いから、少しばかり恐《こわ》いのだ。

「いやいや、檀家方も、話を聞いて下さるのが延真殿であれば、それは喜ばれるでありましょう。どうぞ嫌とは言わず、お力をお貸し下さい」

今では己《おのれ》より位が上であり、高僧と名高い寛朝にこう言われ、延真は顔を赤くした。心内では、大いに満足し鼻を高くしているに違いない。しかし引き受けるには、己が心許《こころもと》ない。迷っているように思えた。

すると寛朝は、ここでもう一押しした。大仰な程の物言いをしたのだ。

「勿論《もちろん》、徳を積まれた延真殿だからこそお頼みするのですよ」

延真の顔つきが緩む。

「ああ、これではお断りなどできませんね」

延真がにこやかな表情で、心なしか胸を反らし、大きく頷《うなず》いた。

「拙僧でお役に立てますならば」

「おお、その意気です。ではさっそく、讃岐屋さんの相談を聞いて差し上げて下さい」

客人を待たせている部屋を告げると、延真は張り切った顔で直歳寮《しっすいりょう》を出て行った。その姿が消えてしばし後……部屋内に、忍びやかな笑い声がした。若だんなだ。

「寛朝様も、お人が悪い」

そう言うと、連れの手代達と目配せをして、また笑う。

「讃岐屋さん宅の怪異の噂、私の耳にも入っております。あれは妖の仕業《しわざ》じゃないでしょう？　確か嫁御と姑《しゅうとめ》殿が家の中で、互いに嫌がらせをしているようだと聞きましたが」

それを主人が誤解して、妖の仕業と言っているだけなのだ。いや主人は、妖のせいであって欲しいと願っているのかもしれない。嫁と母の確執よりも、その方が増しなのだろう。若だんなの言葉に、寛朝はあっさりと頷く。

「最近は何でも妖の仕業と思い込んで、寺においでになる方が増えましてな」

来るに任せていたら、日が暮れても寛朝と会えぬ客が、山をなすことになる。今日だけのことでは無く、既に相談事は、寛朝一人ではさばききれぬ状態であった。

その時寛朝が、不意に秋英の方を向いた。

「そこでだ、私は来客を分けようと思い立ったのだよ。三つの組にな」

まず第一は、単なる暮らしの悩みを妖のせいと勘違いして、相談しに来る人たち。

要するに、少々暇な方々だ。

「その方々を今後は、接賓《せつぴん》の延真殿に受け持って頂こうと、そう思ったのだ」

さっそく引き受けてもらって良かったと師が笑う。

「延真殿はお暇そうだし」

若だんな達が吹き出したので、秋英は顔が熱くなる思いがした。寛朝が浮かべている、あの人の悪そうな笑顔！　巧《うま》いこと仕事を人に押しつけ、面白かったに違いない。秋英は思わず寛朝を睨《にら》み付けていた。

だが寛朝は平気な顔で、話を続ける。

「そして二組目は、本当に妖や怪異に出会ってしまった御仁《ごじん》らだ。急を要する話。これは今まで通り、私が何とかせねばなるまいよ」

ここで寛朝は何を思ったのか、秋英の目を見つめてきた。思わず総身《そうみ》に力が入る。

師の人の悪そうな声は続いた。

「三つ目の組は、どういう方々か分かるか？　弟子、秋英」

直《す》ぐに返事を返せなかった。すると額に寛朝の拳固《げんこ》が当てられ、ぐりぐりと押される。いささか……かなり痛かった。

「最後は、不可思議ではあるが、緊急の対処が必要とは思えぬ相談事だ」

つまり小判が木の葉に化けたとか、家が軋んだ時、天井に小鬼が見えたとかいう、奇妙な話の類《たぐい》だ。寛朝がにやりと笑った。

「そういう相談事が来たら、秋英、今後はお前に話を聞いて貰いたい」

言われて秋英は、思わず仰《の》け反《ぞ》った。

「私は寛朝様のように、妖が見える訳ではありません。対処も出来ません」

「おやぁ、そうなのかい?」

知らなかったと言って、寛朝は益々《ますます》面白そうに笑う。そして、これから話すことをよく聞けと、そう言ってきた。

「秋英、お前は聞き上手だ。目配りも出来るし常識もある。私はお前のことを、大層見所があると思っているよ。自慢の弟子だ」

秋英は寛朝の甘い言葉に、却《かえ》って益々身を固くする。先程延真が、たっぷりと褒められたばかりであった。寛朝は今度も楽しそうに話をしている。こんな時は、大抵ろくなことにならないのだ。

「私とて昔から、今のように見えた訳ではないよ。それに剣呑《けんのん》な話と分かったら、その相談は途中から私が受け持つことにするから」

「ですが……」

「大概の話は、ただ聞くだけでいいはずだ」

「は？　聞くだけ？」

ただ……聞いて、それだけで事が終わるのだろうか。秋英がいささか呆然《ぼうぜん》としていると、寛朝が湯飲みを手にして言う。

「怪異や不思議の中には、ただ見えているだけとか、起こってしまったら、どうにもならぬことも多いのだ。そういうことは私が相談を受けても、どうしようもないからな」

狐火《きつねび》を見たり、本所の七不思議で知られる馬鹿《ばか》囃子《ばやし》が聞こえたと泣きつかれても、手の打ちようがない。怪異に遭遇したとなれば、当人にとっては一大事だ。だから見聞きしたことを聞いて貰いたい、なぐさめて欲しい、分かって欲しい。ただ、それだけの者もいるのだった。

「じっくりと話を聞けば、落ち着く人も多かろう。害がないことは、放って置いてもよい。その聞き役を秋英に頼む」

「……はあ」

そういうものなのだろうか。

「なに、一人では対処しきれぬと分かったら、私を呼べばいいわさ。客人は私が割り振る。修行と思って、やってみなさい」

「……はい、お師匠様」

いささか心許なくはあったが、修行だと言われては、承知しないわけにもいかない。また秋英は心の内で、少々嬉《うれ》しくもあった。これでは延真みたいだとも思ったが、とにかく寛朝に少しは認められた気がしたのだ。

(江戸中に名の知れた御坊《ごぼう》から、役目をいただいたのだ。怖《お》じけずにやってみなくては)

ただ、本当に話を聞くだけでいい相談事などあるのか、それが秋英には気に掛かる。しかし事を始めるにあたって、寛朝が心配し念を押してきたのは、別のことであった。

「秋英や、客人がお帰りになる前に、礼金や寄進を頂くのを忘れないでおくれよ」

寛朝は今、金子《きんす》を必要としているのだ。

「特に、子供らへの寄進をお願いしたいねえ。先の通町の火事で、長屋から孤児になった者が幾人も出た。あの子らに多少の金を付け、養子に出してやりたいからね」

その為《ため》の金子を、今日も寛朝はせっせと稼いでいるのだ。

(本当に、良い所もあるお人なんだ)

分かっている。だが……。

（信用しきれない所があるからなあ）

とにかく、まずは今待っている客に会ってこいと言われ、秋英は頷いた。しかし部屋を出てゆく前に、するべきことが一つ残っている。秋英はちらりと長崎屋の手代《てだい》達を見てから寛朝に近づくと、手を差し出した。

「何だい、秋英」

「長崎屋さんから、頂き物をしましたね。出して下さい」

「何のことだ？」

「袖口《そでぐち》から、巻いた紙が見えてますよ。今日の絵師は豊国《とよくに》ですか？　言っておきますが、春画なんぞを持っているところを見つかったら、住持様がお喜びになるだけですよ。寛朝様に説教が出来るって」

寺の最高位の住持に対してすら、あまり媚《こ》びないものだから、寛朝はどうにも煙たがられているのだ。弟子に睨まれ、寛朝は渋々袂《たもと》から春画を取り出した。

「亡《な》き師匠の和山様は、理解のある御方だったんだがねえ」

「僧侶《そうりよ》が見るものではありません！」

火鉢にくべると言い、男と女が絡む図を畳み長崎屋を見据えると、手代達が笑っている。寛朝は恨めしそうな顔を秋英に向けた。

「勿体《もったい》ない。上手《うま》い絵師なのだぞ。見てごらん、絵の男は、一目で女を夢中にさせる、飛び抜けた色男らしい。それ、素人《しろうと》の娘があっさり夢中になって、段々と着物の裾《すそ》がはだけてゆく……」

「寛朝様！　妖《あやかし》についての、相談事を受けているのではなかったのですか！　僧が、おなごの赤い蹴出《けだ》しになど、目をやるものではありません」

びしりと言うと、寛朝は拗《す》ねるように、笑うように答える。

「これだとて、ちゃんとした相談事だよ」

しかし秋英が睨み続けると、溜息《ためいき》をついた。

「その絵なら大した害は無い。売って構わんだろ。金子に換えなさい」

「はいはい。どうせ世にはこんなもの、溢《あふ》れております。一枚増えても構わないでしょう」

秋英は巻物を取り上げると、袖の内に落とした。さて用が終わったと、出て行こうとして……秋英は目を見張った。

部屋を辞すため頭を下げた時、何故《なぜ》だか寛朝が、人の悪そうな笑いを浮かべていたのだ。秋英はそれが、どうにも気に掛かったが……さて、何としようもなかった。

3

直歳寮の一室に座りながら、秋英は緊張していた。生まれて初めて僧として、人から相談を受ける立場となったのだ。

こんな事をする日が来ようとは、思いもしなかった。幼くして寺に入った日、秋英はただただ、寺の広さに目を見張っていた。

そして僧となって寛朝と出会い、勉学をすることが出来た。習い憶《おぼ》えた事も多い。親が寺へ入れてくれたからだと、今では感謝している。

(でも……)

広い広徳寺の庭を直歳寮の一室から眺めつつ、秋英は押し殺した溜息をついていた。

(どうして私はいつまでも、僧であることに、自信が持てないのだろう)

僧籍に入っていなければ、嫁を迎え、子を生《な》していても可笑《おか》しくない歳《とし》であった。一人前に稼ぎ、家族を支えてゆくべき立派な大人なのだ。なのに僧として、客人の相談事を聞くと決まっただけで、不安に包まれている。

(情けない……)

秋英は小さく身を震わせた。本当に僧となって良かったのだろうか。九つの身で出来うる限り、精一杯考え承知したつもりだったけど……他に歩む道があったのではないか。

今でも迷う。迷い続けている。

(客人の話を聞くだけだと言われたが……さて、ちゃんとやれるだろうか)

妖に対抗できないのであれば、こういう仕事くらいは、こなせなくてはならない。ここでへまをしたらまた他の僧達に、不肖の弟子であると噂《うわさ》されるに違いない。師の寛朝は困るだろう。……不安が募ってきていた。

(こんな僧が相談相手では、相手の方に申し訳がないな)

そう思って墨染めの衣を握りしめたとき、障子の向こうに、人の影が映った。

「あたしは和算指南でございまして、阿波六右衛門《あわろくえもん》と申します」

やってきたのは、でっぷりと太った浪人であった。娘おかのを連れている。秋英は客人を前にすると、何故だか奇妙な程に総身が強ばった《こわ》。最初の相談だからこうなるのかと、己でも意外な程であった。

「こんたびはぁ失礼します。あたしは長いこと算術を教えて、師匠なんて呼ばれちゃおりますが、お坊様に相談させて頂くのは初めてでぇ……」

六右衛門はどこの出なのか、江戸者とは違う言い様で、話を切り出してくる。そしてそれは、とんでもない悩みであった。

「は？　本の中の絵が動いたと？」

広徳寺にわざわざ来る客達は、妖関係の悩みを抱えている者が多い。しかしこんな話は、初耳であった。

「娘のかのによりますと、本の中の男が、娘に笑いかけるというんですよぉ」

おかのは横に座り黙ってうなだれている。六右衛門が懐《ふところ》から、一冊の和算の本を取り出した。

「この本は手前が使っております、和算の教本でございます。絵がたっぷりと入ったもんで、一見、いわゆる黄表紙というやつに似てましてな」

師匠役の美男が、和算についてやさしく語り、問題を解いてゆく作りになっているので人気がある。和算に興味を持って貰《もら》い、また問題を楽しんで解いて貰えるように、六右衛門の伯父が作ったものだという。

「この本の中に出てくる男が、たまたまかのの恋しい相手に、似てましてねえ」

和算の問題を話しているのであろう、絵の男は、鶴《つる》や亀《かめ》の絵を指し示している。確かに男前であった。

「かのは絵の男に、魅入られたようなんです。このままでは本の内に取り込まれ、帰ってこられんくなるやもしれませんっ」

何とかして欲しいと、六右衛門は頼んでくる。秋英はしばし黙り込み考えた後で……何とも常識的な答えを返した。

「六右衛門さん、娘御にとって本当に恋しい相手は、絵では無いのでしょう？　その相手に、縁談でも申し込んだらいかがですか？」

生身の亭主がいれば、男の絵など霞《かす》もうというものだ。秋英の言葉を聞いた六右衛門は、それは嬉しそうに、顔をほころばせた。

「やはり、そうすべきでございますよねえ」

あたしもそう思うと、六右衛門は頷《うなず》く。

「ですが今回は、あたしから婿《むこ》取り話を持ち出せんのです。少々難しいお相手でしてな」

相手の男は跡取りでは無いが、大店《おおだな》の息子であった。婿にも行けるし、分家をして店を持つことも出来る。嫁《か》しても姑《しゅうとめ》の苦労が無い上に、裕福な相手だったのだ。

「何とも好もしいお相手ではないですか」

秋英が言うと、六右衛門も頷く。

「あたしもそう思いました。つまりあちこちの親御さんが、そう思っているんですよ」

男には今、多くの仲人《なこうど》から沢山の縁談が、持ち込まれているらしい。今から六右衛門が縁談を一つ増やしても、まとまるかどうか心許《こころもと》ないというのだ。

しかし上手くいかねば、おかのが怪異に取り付かれてしまう。だから何としても、その男を婿に欲しい。六右衛門が、がばりと畳に両の手をついた。

「あのお……あのお、うちのかのを嫁にしてもらえるよう、秋英様がこの縁談を、まとめていただけませんかね？」

上目遣いに頼んでくる。

「はあ……？」

思わず大きな溜息をつきそうになり……秋英は慌《あわ》ててそれをこらえた。

(なんだ、こりゃあ！　妖の相談に見せかけた、仲人の依頼じゃないか！)

六右衛門は広徳寺の権威で、他の縁談を蹴散らそうという心づもりらしい。

(六右衛門さんは、初めからそれが目当てで、この寺に来たのかね)

ならば和算の本に怪異が起こり、おかのが魅入られているという話は、眉唾《まゆつば》物に思えてくる。広徳寺の僧を動かすには妖絡《がら》みの方が良いと、六右衛門は考えたのだろうか。

（人生の相談事なら、経験豊富な延真様に、受け持って頂いた方が良かったんだが）

あの方であれば、腕の良い仲人の一人くらい知っていそうな気がする。秋英は精一杯背筋を伸ばし、威厳をかき集めて言った。

「六右衛門さん、とにかく経験豊かな仲人を立て、縁組を申し込んでみて下さい」

縁談が多くとも、相手の男が独り者であるのなら、結ばれるかもしれないではないか。大体寺の坊主《ぼうず》は、縁結びの神では無い。坊主なのだから、どちらかというと、婚礼よりも葬式を取り仕切るのが得手《えて》なのだ。

だがこのつれない返答に、六右衛門は納得しなかった。腕組みをし、寸《すん》の間《ま》、秋英を眼光鋭く見つめてくる。

「秋英様、かのを哀れんで下さいまし。もし好いた男と添えぬとなれば、娘は今よりもっと、本の男にのめり込みますでしょう」

そうなったらどうしてくれるのかと、六右衛門が言いつのる。だがいかに言葉を重ねられても、秋英は首を横に振るしかない。すると、六右衛門の口調が段々ときつくなってきた。

（初めての相談、上手く行かないなあ。これじゃ六右衛門さんからは、寄進など受け

取れそうもない……やれやれ)

秋英はしばし黙り込んだ後、ふと顔を上げた。六右衛門が低い声で話し始めたのだ。

「秋英様は、この本が不可思議なものだと、信じてはおられんようだ。だから簡単に、断るんでしょうよ。確かに、余人が聞いたら笑う話かもしれんからね」

しかし絵の内の男は、確かに喋《しゃべ》ってすらいるのだと、六右衛門は言い張る。

「広徳寺の僧であられるのだから、世の中には摩訶《まか》不思議が数多《あまた》あることくらい、分かっておいでかと思ったのに」

「勿論《もちろん》、妖がいることは存じてますよ」

秋英は妖退治で高名な寛朝の弟子なのだ。猫又《ねこまた》に蛤《はまぐり》の見せる蜃気楼《しんきろう》、鎌鼬《かまいたち》、河童《かっぱ》。驚くべき輩《やから》は、このお江戸に広く密《ひそ》かに、その姿を隠していると分かっている。

六右衛門はその言葉を聞くと、先程の本を広げたまま、秋英との間の畳に置いた。そして挿絵の男を指し示す。

「よく見て下さい。かのが魅入られたのは、この男です。先日かのは本の中に入り、実際に会ったとまで言ってたんですから」

「えっ……それは初耳だ」

段々、六右衛門の言うことが大げさになってくる気がして、秋英は返答に詰まった。

六右衛門は、低く早い声で何やら言い始めたが、なまりが一層きつくなって聞き取りにくい。声は高くなりまた低くなり、意味が摑《つか》めぬまま、聞いていると眠くなってきそうだ。

「ほら秋英様、本の内の男が笑いました。われらの話を聞いていたのやもしれませんﾞ」

「何？　絵の顔が変わったのか？」

秋英は思わず本に顔を近づけ、覗《のぞ》き込む。その時。

六右衛門の手が、いきなり秋英の頭を押さえつけた。顔が本につく。

「何を……っ」

何をするのかと、問うたつもりだった。なのに声が出た気がしない。顔が引きつる。

咄嗟《とっさ》に寛朝《しっすいりょう》の顔を思い浮かべた。

直歳寮の部屋が、歪《ゆが》んで見えていた。

4

直歳寮の客間で話をしていた若だんなが、不意に顔を上げた。

二度、三度と首を傾《かし》げてから、兄《にい》や達の方を向く。だが二人は、若だんなに何かあらぬ限り、いつも落ち着き払っている。要するに、若だんなの他に、興味と視線を向けていないのであった。

それで困ったのか、若だんなは向かいに座っている寛朝に、眼差しを向けてくる。

「寛朝様、今何ぞ、妙な気配がしませんでしたか？」

長崎屋の若だんなは、妖《あやかし》がいればそれと分かる者だと、寛朝は知っていた。だがそれ以上特別な力が無いことも、承知している。何を言っているのかと、ひょいと片眉を上げると、若だんなは袖《そで》の端からちょこんと出ている、小さな手を指さしてきた。

「最近、妖達の機嫌が悪いことは、先程申し上げました。今も鳴家《やなり》とお獅子《しし》が袖の内で、喧嘩《けんか》をしてたんですが……」

鳴家がばくんと、お獅子の足に嚙《か》みついた。するとお獅子がぶっとい足で、鳴家を踏んづけたという。ふんぴー、ぎゅんわー、不機嫌な声が飛び交っていたのだが……今し方、それが急に止《や》んだのだ。

「ほら、鳴家達が袖口から顔を出してきて、部屋の外へ目を向けております」

視線の先に、秋英の向かった部屋があるではないか。だが寛朝は「そうかの」と言ったものの、話そっちのけで、袖から顔を出している鳴家へ、指を差し出している。

しかし鳴家達は寛朝の指が近づくと、さっと袖の奥へ引っ込んでしまった。

「おいおい、先に来たときは触らせてくれたじゃないか」

一応笑顔で言うのだが、鳴家達は袖から出て来ない。寛朝は溜息《ためいき》をついた。妖退治の出来る僧として高名な寛朝は、勿論妖を見ることが出来る。若だんなが広徳寺へ来る時はいつも、妖である兄や達を連れているから、寛朝は色々話を聞き、今では長崎屋と妖の関係を承知している。

最近は鳴家達など、寛朝の僧衣で遊ぶこともあったくらいだったが……。

「やれ、本当に小鬼達は、妙に緊張しているみたいだの」

ずっとそんな風だと、妖だとてくたびれる。喧嘩も増えようというものだ。寛朝があっさりそう言うと、若だんなが溜息をついた。

「先の通町の火事で、長崎屋も焼けました。今は仮宅で店を再開し、私と両親は焼け残った倉の座敷に、分かれて暮らしています」

だが仮住まいであれば、離れ全部を好きにしていた今までより狭い。

「妖達も窮屈な思いをしているのでしょう。だから諍《いさか》いの三つや四つ、起きるのかな」

「違うな。お前さんがかりかりしてるから、妖共も落ち着かないのだろうさ」

すぱりと本音を言った。すると若だんなが、寸の間黙り込む。直《じき》に顔を赤くした。

「妖の喧嘩がよく起こるようになったのは、私のせいだと？」

寛朝は質問の先を、兄や達に変えた。

「若だんなは、松之助さんが養子にゆくことを気にしているようだ。わざわざ上野の寺にまで来る程にな。だが、どうしてかな？」

松之助は兄とはいえ、妾腹《しょうふく》であった。家付き娘のおたえの子、若だんなが跡を取るのは、順当なことなのだ。若だんなが思い悩むような話とも思えない。そう言うと、横から仁吉がさっと説明をした。

「先の火事で若だんなは、煙を吸ってしまいましてね。亡《な》くなりかけたのです。本当に危なかったんですよ」

すると懲《こ》りない親戚《しんせき》達が、またまた跡取り問題を持ち出してきたという。その時親に、松之助が店を継ぐかどうかの問いもあったのだ。

これに父藤兵衛《とうべえ》と母おたえが怒った。店は若だんな以外には継がせぬと、以前きちんと言ってあった。なのに親戚連中は、長崎屋に養子を送り込む夢を諦《あきら》めていなかったのだ。

「それでおとっつぁんは、兄さんの縁談をまとめると言い出したんです。兄さんは跡取りでは無いと、はっきりさせる為《ため》に」

若だんなが畳に目を落とす。寛朝はその話を聞き、首を傾げた。

「それで？　そういうことなら松之助さんは、長崎屋から出る時、持参金くらい付けてもらえるんだろう？」

寛朝が若だんなの顔を、覗き込む。

「それは、勿論そうですが」

「どこぞの店に、婿入りするってぇことだよな。それとも分家かい？　結構なことじゃないか。何を思い煩《わずら》っているんだ？」

面と向かって寛朝に問われ、若だんなは眉尻《まゆじり》を下げた。心細いような様子に、鳴家がまた顔を出してきて、小さな手で若だんなの指を撫《な》でている。

「私が生き返ったものだから、兄さんが長崎屋を追い出されるような気がして……」

若だんなは、松之助に好いた相手がいたら、どうしようかと案じているのだ。好きになれない相手との縁組を押しつけられたら、悪いと思っているのだ。

「あのなあ、若だんな……」

寛朝が呆《あき》れたような声を出した途端、広徳寺の庭に思いも掛けない奇声が響いた。

「ぎょえええっ」

若だんなの袖口から鼻面《はなづら》を出していたお獅子が、毛を逆立てる。佐助《さすけ》と仁吉が若だんなを庇《かば》うようにして、向かいの堂宇《どうう》に目を向けた。秋英が客人と相談事をしている方角だ。

「あの……寛朝様、今の叫び、秋英さんの声じゃありませんでしたか？」

「ああ、そうかな」

あんな悲鳴を聞いても、寛朝は一向に焦《あせ》らなかった。

「客人の相談事が手に余る時は、私に知らせろと秋英には言ってある」

呼ばれてもいないのに師が押しかけたのでは、秋英の修行の妨げになる。そう言うと、若だんなは目を丸くした。

「私があんな声を出したら、兄や達は何と言われていようと、助けに来ると思いますが」

「勿論です。当たり前です。庭の松をなぎ倒し、堂宇をぶち壊してでも、若だんなを救いに行きますよ」

兄や達はあっさり宣言する。相手が大鬼であろうと、幽霊の類《たぐい》や、いけすかない坊主であろうと、二人は全《すべ》てを突破殲滅《せんめつ》、若だんなを取り戻すのだ。

「優しいね。なら二人で秋英さんのことも、ちょいと見てきておくれでないか」

若だんなが頼む。だが、これに二人の兄や達は、うんと言わなかった。

「我々は若だんなを残して、どこかに行ったりしませんよ」

「ここには寛朝様がおいでだもの、私は大丈夫だよ。ねえ仁吉、佐助」

だが兄や達はそっぽを向き、にべもない。困った顔の若だんなを見て、寛朝は苦笑を浮かべた。

「秋英は良き弟子なんだよ。もっと己《おのれ》の価値を認めても良いのだ。私は当人よりもあいつのことを、信頼しているんだがな」

たとえ万一、寺に来た客が妙なことを言い出しても、秋英ならばちゃんと己で対処出来る筈《はず》だ。

寛朝はそうと確信していた。だから呼ばれるまでは決して、秋英の相談に首を突っ込むことはすまいと決めていた。

そして寛朝は、まだ納得出来ぬ様子の若だんなに、己の持つ悩みを先に解決せねばと、そう言って聞かせた。

「若だんな、秋英だけでなく、お前さんの兄さん松之助さんだとて、もっと放っておいても大丈夫なんじゃないかね？」

「は？」

「幾つ縁談が来ても、相手が好きになれぬおなごであれば、断ればいいだけだ。松之助さんへの縁談は山とある。長崎屋さんも無理は言わぬだろうよ」

「それは……そうですが」

下を向いてしまった若だんなに、寛朝は苦笑を向ける。

「やれ、若だんなといい秋英といい、どちらも立派な若者だ。なのに悩みは尽きぬか」

寛朝は若だんなと向き合うと、またゆっくりと話し始めた。

5

(参った、参った、参った、参った……寛朝様、助けて下さいようっ)

秋英は先程から心の中で百回ほど、大声で助けを呼んでいた。しかし、その声が師に届いていないことも、分かっていた。

先刻、六右衛門の手で本に顔を押しつけられたとき、目の前が不意に歪んだ。ぼうっとした後目を開けると、似たような部屋の内で、今までと同じように秋英は座っていた。

ただ、六右衛門も娘おかのも目の前にはいなかった。ひやりとした感覚に包まれ振り返ると、庭の向こうにあるのは、ただの柴垣《しばがき》であった。寛朝が居るはずの堂宇が、いや広徳寺そのものが、きれいに消え去っているではないか。

（やられた……）

総身《そうみ》に、震えが走り抜けていく。

（この、うなじの毛が逆立つような感覚。さて、とんでもなく困ったことになったぞ）

秋英は以前寛朝から、こうした不可思議な体験を聞いたことがあった。妖退治の最中暢気《のんき》に構えていたら、河童の幻術により、水中の館に引っ張り込まれたというのだ。

（あの時は、また寛朝様が法螺《ほら》を吹いていると、笑ったものだったが）

いざ己が巻き込まれてみれば、笑うどころでは無い。秋英は必死に落ち着きを取りもどし、もう一度周りを見回す。そして庭を行く人影に気がついた。その男は……挿絵に描かれていた、おかのが惚《ほ》れた愛《いと》しい男であった！

（私は六右衛門さんによって、怪しい本の中へ突き落とされたのか！　六右衛門さんは、ただの人では無かったんだ……）

妖なのか、術使いか。

「寛朝様、弟子が困ってます。助けて下さいな！」

一応大きな声を上げてみたが、返答は欠片《かけら》も返ってこない。こうなったら自力脱出しかないが、方法が分からない。以前寛朝は、河童《かっぱ》からどうやって逃れたのだったろうか。

（そうだ、確か寛朝様が河童に相撲を挑んで、やっつけたんだっけ）

およそ僧らしからぬことに、寛朝は力業が得意なのだ。当人は、説法するよりも得《え》手《て》だと言っている。しかし秋英は、相撲もやっとうも、とんと得手ではない。しかも六右衛門が、河童であるとは限らない。正体が分からぬと手の打ちようが無かった。

（やれやれ……）

へたり込みそうになった時、部屋の襖《ふすま》が、真ん中からすいと両方に分かれた。そこから、六右衛門が顔を出す。にたっと笑った。

「おやおや、秋英様は和算の本に取り込まれてしまいましたか。大事《おおごと》ですわ。困りましたなあ」

ちっとも困っていない様子で言う。秋英が顔を強《こわ》ばらせていると、六右衛門は、秋英を本の内から出す手助けをしようと、持ちかけてきた。ただし。

「勿論《もちろん》、その見返りに、かのの縁談をまとめて下さいまし。お約束をお願いします」

うんと言わねば、本の内から出してはもらえぬらしい。秋英は試しに、縁談相手の名を聞いてみた。ずっと本の中で暮らすのは、ご免であった。

「おお、その気になって下さったか。勿論相手が分からねば、仲人《なこうど》のやり様がありませんな。それは……」

何故《なぜ》だか六右衛門は、一寸《ちよつと》言葉を切る。

「どなたなのです？」

「恐《こわ》い御仁《ごじん》らもおいでのお店でしてぇ。だから、私らは簡単には、入り込めないんですよ。それで広徳寺さんに、お願いする訳でして」

「六右衛門さん、お相手の名は？」

「実は……長崎屋の松之助さんで」

「はあっ？」

秋英は大きく目を見開いた後、先程聞いた説明を思い浮かべ、納得した。確かに若だんなの兄松之助ならば、縁談が多く舞い込んでもおかしくない。実家の長崎屋は裕福、しかも当人は大層真面目《まじめ》な働き者との評判だ。

（こりゃ駄目だ……）

そんな松之助と、素性の知れぬ娘との縁が、まとまる筈も無かった。長崎屋には猫《ね》又《また》と知り合いである若だんなの兄《にい》や達がいる。六右衛門が恐がっているのがその二人だとすると、たぶん六右衛門は妖《あやかし》なのだろう。だから娘との縁を無理と思いつつ、それでも何とかしたくて秋英を巻き込んだのだ。

(こんな怪しげな縁組、たとえ広徳寺が頼んだって、親である長崎屋さんが許す訳がない)

秋英はきっぱりと、仲人となるのを断った。

「たとえ本から出さぬと言われても、この縁談をまとめることは、私にはできませんよ」

大きく溜息《ためいき》をつくと、急いで本から抜け出る為の、他の方法を考え始めた。このままでは、和算の本の挿絵となってしまう。秋英は、返事を聞いて思いきり不機嫌となった六右衛門に目をやった。

(そもそもこの男、何者だ? 上手《うま》く人に化けているが、さて本性は何なのだろう?)

それが分かれば、対処法が見える筈であった。寺の小僧にも、妙だと見抜かれなかったのだ。化けるのが得意な妖に違いない。それに六右衛門は、算術を教えていると言っていた。学があり仲間が多く、しかもよく集うものと言えば……。

(狐《きつね》か……猫か狸《たぬき》、というところか)

さてその先が分からない。考え込む秋英に、この時六右衛門が勝負を申しこんで来た。

「秋英様、本から出たいのでしょう？　ならばあたしと、これから和算の問題を解き合って下さいな。あたしが秋英様に勝ったら、長崎屋へ縁談を持っていくということで、いかがでしょう」

「つまり和算勝負に負けたら、私を元の部屋に戻し、二度と長崎屋にも広徳寺にも近づかぬと言われるんですね？」

秋英が咄嗟《とっさ》に付け足すと、六右衛門は渋々頷《うなず》いている。秋英はふと思いついたことがあり、六右衛門を見つめた。

(このやり取り、『呼ばわる』じゃないかな)

そう察しを付けたのだ。それは狸の怪で、人と呼びかわしを続け、勝つと相手を食ってしまうという恐ろしいものであった。

(六右衛門さんは、狸かもしれない……)

見れば六右衛門は、もう勝ったも同然という顔であった。狸よりも人が劣ると思っているのだ。秋英は納得がいかなかった。

「負けませんからね」

秋英は寛朝から和算を習った身だ。両者は真剣な顔をして、向き合うこととなった。

「私は算法書の、『塵劫記《じんこうき》』も『古今算法記《ここんさんぽうき》』も読み解いております」

そう言うと、六右衛門は己から問題を出すと言って、まず語り始めた。どちらが先でも、構わないのだ。相手が出した問題に答えられず、かつ己の問いに答えられてしまった時、負けとなる。

「六里の道を四人の者で荷を運ぶ。荷の違う三台の荷車を引き、引かぬ者は一休みして歩く。平等に運ぶとして、それぞれはどれほどの距離、どうやって荷車を引けばよいのか」

「ええと……」

秋英は眉間《みけん》に皺《しわ》を刻んだ。これ位の問題が解けなかったら、寛朝にぽかりと拳固《げんこ》を食らう筈だ。だが真剣な勝負と思うと緊張する。

「ええと、三台の荷車で六里を運ぶのだから、荷を引く距離の合計は、三掛ける六で十八里だ」

それを引く人数で割ると、一人が荷を引かねばならない距離が、四里半と出てくる。

「荷車は三台あるから、各荷車を引かねばならぬのは、四里半割る三で一里半です。一台につき、各自一里半荷を引いてから、交代するんですね。それが三台分で、一里半掛ける三となって、四里半引くことになるんです」

それが、各自が荷車を引く距離とやり方であった。この問題の答えなのだ！

「やれ、解かれてしまいましたがな」

六右衛門が、大げさな溜息をつく。今度は秋英の番であった。

「庭に、鶴《つる》と亀《かめ》が合わせて百いる。鶴と亀の足を全て合わせると、二百六十四本であった。鶴の頭数と亀の頭数を求めよ」

「おお、鶴亀算ですな」

この問題を聞いた途端、六右衛門はにやりと笑った。このくらい、お手の物だという顔をしている。

「もし全部が亀だった場合、足の本数は四百本。ここから足の数二百六十四本を引くと、百三十六本。その百三十六本が、鶴の分となります。亀と鶴の足数の差は二本。百三十六本を二で割ると、六十八となって、これが鶴の頭数ですな。残りの三十二が、亀となりましょう」

「ううむ、あっさりやられましたか……」

秋英は唇を噛《か》んだ。とにかく勝たないことには、元の寺に戻れない。次は六右衛門が問題を出す番だ。

「参りますぞ。米一石《こく》につき、今は銀二十八匁《もんめ》五分が相場となっている。このとき、百三十五石の対価の銀はいかほどか」

寸《すん》の間《ま》考え、指を折る。一つ頷いた。

「三貫八百四十七匁五分！」

次の問題は秋英が出す。今度こそ、勝ちたいものであった。必死に問題を考える。小さく紙に数字を書き出し、問題を整えた。

「二十二人で船旅をすることとなり、船を一艘《そう》、十六匁で借りた。二十二人の内、六人は三里乗ってから、船を下りた。六人は、五里乗ってから下り、残った十人は八里乗ってから下りた。乗った道のりに応じて代金を払うとすれば、それぞれ幾ら支払えばよいか」

六右衛門も紙に、細かく数字を書き出してゆく。真剣な顔つきで解いていた。

「船に三里乗った人が六人で、十八里分だ。五里乗った人も六人、三十里分。八里乗った人は十人で、八十里分。合計百二十八里。代金の十六匁を百二十八で割ると、一里が一分二厘五毛と出てくる。

よって、三里乗った者は、三掛ける一分二厘五毛で、三分七厘五毛。五里乗ったものは、五掛ける一分二厘五毛で、六分二厘五毛。八里乗った者は、一匁となる」

にかっと六右衛門に笑われ、秋英はうなだれた。六右衛門から次の問題が出される。

「銭一貫文あたり銀十五匁であったとする。その時、銀一匁あたりの銭は、いかほどになるか」

秋英がすっと眉《まゆ》を顰《ひそ》める。

(簡単そうに見えるが、引っかけ問題だ)

世の中では銭九十六枚を糸に通し、百文といって流通している。それを忘れてはならぬのだ。

「答えは六十四文」

間違えなかった。今度は問題を出す。

「江戸から京までは、百二十一里ある。一日七里歩く者が、京に上る。一日八里歩く者が、江戸に下る。ただし京に上る者は、二日早く旅に出かけている。二人が出会うのは、江戸に下る者が旅に出て何日後か」

答えは八日後だ。これまた六右衛門に、あっさり言い当てられてしまう。思わず溜息が出そうになった所で、しばし休むこととなった。

（まずいな……）

　秋英は弱気になっていた。六右衛門は秋英と同じくらい、算術が出来るようだ。負けるかもしれぬという恐れが、じわじわと秋英に押し寄せてくる。茶を飲み終ると、六右衛門は次に、油分け算を出してきた。一斗桶《おけ》の中に入っている一斗の油を、七升枡《ます》と三升枡を使って、五升ずつに分ける方法を問うものだ。

「ええと、三升枡で一斗桶からくみ出し……」

　油分け算はやったことがある。ちゃんと解けるはずであった。しかし、妙に気があせり、頭が働かない。そして。

「答えは、三升枡で三回くみ出し、一回七升枡で一斗桶にもどす」

　そう言った途端、六右衛門が、それは嬉《うれ》しそうな顔をした。

「違いますな。三升枡でくみ出すのは、最後にもう一回あり、合わせて四回です」

（わあっ、やってしまった）

　どっと汗が吹き出てくる。次の問いに答えられてしまったら、負けであった。師にも長崎屋にも、とんでもない迷惑をかけてしまう。下手をしたら、元の世に戻れなくなる。秋英は唇を噛み……しばし瞑目《めいもく》した。

（ここで、勝負の問題を出してみるか）

決心をしなくてはならない。

秋英は恐ろしく難解な問題を、知っているのだった。寛朝から教えてもらって、答えも承知している。それは神社に奉納された算術の問題、『算額《さんがく》』で見たものであった。

だがそれを、今まで出していなかったのには理由がある。その問題は難しく、実は秋英は、詳しい説明が出来ないのだ。

六右衛門が解けなかった場合、答えだけでは無く、解説も求められたら困る。却《かえ》って拙《まず》い立場に置かれてしまうのだ。

(どうする?)

しかし、ここで勝負をかけなければ、本当に挿絵の一部となってしまいそうだ。

(とにかく……出してみよう!)

秋英は意を決して紙に図を描き、問題を説明した。

「直角のある三角形の内に、大中小三つの正方形がある。大の一辺が九寸、小の一辺が四寸であったとき、中の一辺は何寸か答えよ」

大、中、小、三つの正方形を含んだ細長い三角形を図で示すと、六右衛門は思わずといった感じで、小さくうなり声を上げた。

(解かれてしまうか。それとも……)

秋英が真剣な顔つきになる。しばし、静かな時が部屋内に過ぎていった。その内六右衛門の顔が赤くなり落ち着かなくなり、おかのをちらりと見た。じきに大きく息を吐く。

「……秋英様、この問い、答えを分かっておいでですか?」

聞かれたので、「六」とだけ、短く答えた。答えだけしか知らないのだ。

(説明をしろといわれるかな?)

冷や汗が出る。六右衛門と見合った。

だが六右衛門が何かを言う前に、大きな声がした。おかのであった。

「ああ、今度も勝てなかった。御坊《ごぼう》はあたしの縁談には、関わりたくないのね。おとっつぁん、だから広徳寺に来たって駄目だと言ったのに!」

おかのは捻《ひね》った袖《そで》で、秋英をはたいてきた。涙を浮かべている。相談を受けたあげくに、相手を泣かせてしまった訳で、実に情けない結末であった。

またぱしっと打たれ、秋英は手で顔を庇《かば》った。その時秋英の袖の内から、転がり出てきたものがあった。

(ありゃ。そういえば春画を持っていたっけ)

寛朝から取り上げたものだ。確か、それはそれはおなごにもてる、源氏の君のような御仁《ごじん》と、若い娘の絵であった。

秋英は春画を拾おうとして、一寸《ちよつと》差し出した手を止めた。何と床に広がった絵の中で男は動きだし、しどけない恰好《かっこう》の若い女に、寄り添うように起きあがったのだ。

(もしかしたらこの絵も、妖絡《あやかしがら》みの品だったのか。それで寛朝様の元へ来たんだね)

それなら売ったりせず、供養《くよう》した上、燃やさねばならないところだ。金がいるからと、黙って売り払おうとした寛朝の指示に、秋英は今更ながら頭を抱えた。

(やれやれ……本当に、我が師ときたら)

気がつくと、向かいでおかのと六右衛門が揃《そろ》って、絵に見入っている。誠に春画というものは、人の気を引くものであった。

「絵はもう仕舞いますよ」

そう言った時、絵の男の目がすいとおかのに向けられた。男の眼差しは光を含み、強烈に色っぽい。目から、おなごを絡め取る糸が出ているかのようであった。

途端! おかのの顔が見る間に赤く染まってゆくではないか。

今の今まで、松之助との縁談が進まぬと嘆いていた気持ちは、一寸にして消し飛んだようであった。おかのは笑みを浮かべると、恥じらうような仕草で、乱れてもいない髪の毛のほつれを直している。

（おや、おかのさん……これはまた見事に、立ち直ったもんだ）

秋英は、あっけに取られてその様子を見ていた。だがじきに、おかのを見ていた絵の内のおなごが、きつい眼差しを向けてくるようになった。その内、おかのに当てつけるかのように、男と絡み出す。

これにはおかのが、黙っていなかった。すいと絵の内に手を差し伸べると、何と男の手を絵の外から摑《つか》んだのだ。そして、表に引き出そうとし始めた！

（おおっ）

この場が常とは違う所、つまり本の内であるせいか、男はすんなりと部屋内に現れてくるではないか。腕が出て頭が現れ、その内に、羽織ったよろけ縞《じま》の着物まで、その白茶色をはっきり見せてきた！

（おや、おやおや）

おかのは誠に思うことの激しいおなごだと思っていたら、ここで急に男の動きが止まった。見れば絵の内のおなごが、去って行きそうになった男の着物の裾《すそ》を、しっかりと摑んでいたのだ。

「お離しなさいよ」

「そっちこそ！」

二人のおなごに男が一人。凄《すさ》まじいばかりの喧嘩《けんか》が始まった。絵の内のおなごも表に転がり出てくる。今にも掴み合いが始まりそうだというのに、側《そば》にいる男は落ち着いたものであった。慣れているのだろう。

「これ、おかの。止めなさい、おかのっ」

ここで慌《あわ》てだしたのは、六右衛門だ。娘を止めようとするのだが、親が出る幕ではなさそうだ。止められるものでは無い。

（さて……私はどうするか。いや、寛朝様であったなら、この場でいかになさるかな）

見ればおかのは元気一杯、新しい男をめぐり喧嘩をしていて、もう松之助のことで、悩んでいるようには見えなかった。

（これもまた、六右衛門さんにとっては頭の痛い事やもしれない。けど、この喧嘩については相談を受けてないしね）

よって口を挟むことではないと答えを出した。算術の計算よりもはっきりとしている。断じて口を挟んではいけない！　秋英は六右衛門に声をかけ、勝負の終了を告げた。

「いや、おかのさんも元気になられたようですし、安心しました。全《すべ》て上手《うま》くいって……そうとは思えないと？　では寺に寄進して頂く訳には……ああ、駄目ですか」

秋英は溜息《ためいき》をつくと、とにかく用は無くなったのだから、元の寺に戻してくれと頼んだ。だが六右衛門は、今は秋英に構っている余裕が無いらしい。おかの達の喧嘩が、一層凄《すご》いものになってきたからだ。

部屋にあった花瓶が飛ぶ。硯《すずり》や筆も投げつけられる。その内、飾ってあった人形や掛け軸まで飛び交い始め、じきに庭の果てにすっ飛び、絵の内から消えていった。

その時。

「わっ」

どこからともなく、驚きの声が響いて来たのだ。秋英が声の主を捜している間に、おかのが文箱《ふばこ》を取り上げ、女に投げつけた。

それも外れて、どこかに姿を消す。

「痛っ」

また声がした。今度は誰のものか分かった。若だんなだ！　すると怒声が響いて、部屋内の女達も手を止めた。

「若だんな、大丈夫ですか。ああ、瘤《こぶ》が出来ている。また寝込むことになったら

「……」

「文箱なんぞ投げたのは、どこのどいつだっ」

迫力のある男の声に、春画の女は身を縮めうずくまり、男も立ちつくしている。しかしここでも気の強かったのは、おかのであった。懐《ふところ》から紙入れを取り出すと、邪魔をするなとばかり、声の方へ投げつけたのだ！

「あ痛っ」

またまた、若だんなにぶつかったらしい。

途端！

「わあああっ」

秋英は思わず畳に這《は》いつくばって、身を支えた。足の下が、部屋が、いや家も庭も全てが、大きく揺れだしたのだ。

「この本が元凶か。こんな物騒な本、破って焼き捨ててやるわ！」

(この声は……ああ、長崎屋の手代《てだい》さんだ)

若だんなに危害が及んだので、怒っているようだ。

(焼く？　この本を焼くのか？)

ということは、この身は本に取り込まれたまま、火鉢の焚《た》き付けになるのだろうか。

「こら、止《や》めろ。今、秋英の悲鳴が聞こえたぞ。そこには秋英が、取り込まれているやもしれん。離せ」

「駄目ですよ寛朝様。この本は若だんなの敵だ！」

「止めるんだよ佐助、本を離してっ」

幾つもの大声が、がんがんと天から響き大揺れは収まらない。離す離さないという声が続く内、どこからか、ぴり、という小さな音が聞こえた。

「へっ？」

ほんの僅《わず》かな音であったが、心の臓に悪い響きであった。音を聞いた途端、胸がどきどきと大きく打ち始めたのだ。

「あ……また」

今度ははっきりと、びりりと聞こえた。

（本が……破られようとしているんだ）

寛朝と手代達の取り合いの末、秋英を飲み込んだまま紙が裂けようとしているのだ。

「止めて下さい、本が駄目になる。そうなったら私は……どうなるのかしら？」

見当もつかないまま、恐怖が押し寄せてくる。相談事を受けるよう言いつけたとき、寛朝は話を聞くだけで良いと、言っていなかったか？　この恐ろしい顛末《てんまつ》が、『話を聞くだけ』という、平易な言葉で言い表せるものとも思えず、秋英は唇を噛《か》んだ。このままこの奇妙な場所で、死ぬのだろうか。

その時、大きく目の前の柴垣《しばがき》が裂けだした。おかのや、絵のおなごの悲鳴が響く。六右衛門が咄嗟《とっさ》に娘の手を摑み、部屋の奥へと逃げてゆく。おかのは男を離さず、おなごも男を摑んでいる。四人が襖《ふすま》の向こうへ、一気に消えていった。

庭が形を失い、馬の背のように揺れ続ける部屋に、秋英は一人取り残されていた。

(ひえええ……)

いよいよ、もう駄目かもしれぬと思った時、また声がした。

「若だんな、裂けた本に、手を突っ込んじゃ駄目ですよ。秋英さんを助けるんですか？　やれ、私がやりますから、止めて下さい。ああ面倒くさいですね」

声が重なったと思ったら、手が二つ、空の裂け目から現れて来た。

「秋英、何ぼうっとしている！　手を摑め」

師の声に促され、秋英は必死にその手にすがりつく。何かが裂ける音が続く。

途端！　部屋も庭も何もかもが、目の前からかすれて消えていった。

気がつくと秋英は、直歳寮《しっすいりょう》の寛朝の部屋で寝かされていた。

布団《ふとん》の両脇《りようわき》に、寛朝と若だんな達がいた。長崎屋の手代が、若だんなの頭に手ぬぐいを当てている。二人とも、機嫌が悪そうであった。

「おお秋英、気がついたか」

その時寛朝が、大層安心した顔で秋英の顔を覗《のぞ》き込んできた。

(どうやらあの世にも、本の絵の中にも行かずに済んだらしい)

そうと分かって秋英はほっと息をつき、身を布団の上に起こそうとした。すると、どっと疲れを感じ、まだ起き上がれない。思わず溜息が口からこぼれ出た。

「参った……これが広徳寺の相談事ですか」

広徳寺は江戸市中に妖退治で高名であり、師である寛朝は日々気軽に、相談事に対応している。それが、こんなにも無茶苦茶で大変なものだとは、想像だにしなかった。

妖や不可思議や難問が、ごった煮となって押し寄せて来たのだ。それを解決しなくては、こちらの身が危ういと来た。

(やれ……師は思った以上の大物だったわ。師が簡単にこなすことなら、己《おのれ》でも幾らかは出来る気になっていたんだけど……)

己の力不足と情けなさが身に染《し》みる。弟子としては、先々少しは相談事を引き受けたいと思っていたが、これではそれもおぼつかない。秋英が思わず肩を落としていると、そこに若だんなの明るい声がした。

「寛朝様、秋英さんはやはり、妖を見ることが出来るお人なんですね。まあ、今回来た狸《たぬき》ならば、人にも姿が見えるでしょうが」

(六右衛門さんは、やはり狸だったんだ!)

秋英が布団の上で目を見張る。だがその後、首を傾《かし》げた。今若だんなは己について、妙なことを言わなかったか? すると寛朝が、更にとんでもないことを言いだした。

「寺に入った日から、秋英は妖を見ていたよ。庭に来た狛犬《こまいぬ》を目にして、驚いていた」

狛犬は、隣の神社の神殿前から時々散歩に来る、気の良い神使だ。だが、勿論《もちろん》散歩中の神使が、普段人の目に入る訳は無い。だが、秋英は見ていた。

その才ゆえに寛朝は、早々に秋英を弟子にしたのだ。だがそんな才のあるものは、多くはない。それで寛朝は、他に弟子をなかなか取らないのだ。

「なのに秋英ときたら、己が妖の類を見ていることを、認めようとはしないのだよ」

しかし、と言って、寛朝が人の悪そうな笑みを浮かべ、ちらりと秋英を見る。

「秋英、人であるからには、己を信じねばやっていけぬよ。もっと己を頼みとすることを覚え、自信を持たなければな」

笑いつつそう言うと、寛朝は次に若だんなに目を向けた。そして、しゃあしゃあと別の考えを述べたのだ。

「若だんな、人はそれぞれに思うところが違う。何でも己で背負いこんだりせぬことだ」

もっと人に任せ、ゆったり楽に考えろと言われ、若だんなは秋英の寝る布団の横で、唇をとんがらせた。

「随分おっしゃることが、違いませんか？」

「臨機応変、変幻自在、縦横無尽、馬耳東風。いやいや、人に与える助言は、それぞれ違うものだ」

寛朝はまた笑うと、瘤は大丈夫かと若だんなの額に目を向ける。それからにやっと笑い、手代達に、今日の相談事の結論を言った。

「要するに若だんなは、最近ちょいと寂しかったのだ。そう思うがな」

己も兄も皆も、いつまでも、昨日と同じではいられない。ちゃんと歩んでゆきたいと思う気持ちの傍《かたわ》らで、変わっていってしまうという思いが、心を震わせ乱す。

「でもなあ、大丈夫なんだよ、若だんな」

諸事、何とかなってゆくものだと、寛朝が至って安直に言い放った。その笑い顔が意外と頼もしく思えたのか、若だんなが頷《うなず》いている。すると何とはなしに、秋英の口元にも笑みが浮かんできた。

その時若だんなの袖《そで》の中から、お獅子《しし》がもそもそと出てきた。見れば背に鳴家《やなり》を二匹乗せている。

「ああ、どうやら妖《あやかし》達は仲直りしたみたいだよ」

きっと若だんなが少しばかり、落ち着いたからだろう。寛朝はそう言うと、興味津々《しんしん》といった素振りでまた鳴家に手を差し伸べる。佐助が、妖達の喧嘩が無事止んだことに驚いた顔をした。

「事が収まったとは不思議だ。寛朝様は、好き勝手なことを言うばかりで、何もしてくれませんでしたのに。でも最後は、ご自分の手柄のように言うんですよねえ」

「こういう御坊を名僧と言うのだから、世の中とは分からない」

仁吉も真剣に首を傾げている。しかし、機嫌は悪くなかった。

「やれ、口の悪い手代達だ」

ちっとも鳴家達に構って貰《もら》えない寛朝は、いささか不満気だ。その時秋英が、くしゃみをしだした。見ると、お獅子から降りた鳴家達が布団に上がり込み、寝ている秋英の顔を触って、遊び出した。

「これ、悪戯《いたずら》は駄目だよ」

若だんなが止めると、鳴家達が、布団にいるのは人なのか、それとも妖なのかと問うてくる。若だんなが笑って答えた。

「秋英さんは、真面目《まじめ》な御坊《ごぼう》なんだよ」

すると鳴家達は驚いた。皆で「ぎゅんいー」と叫びだしたのだ。

「まじめな牛蒡《ごぼう》という妖！」

「牛蒡は、まじめでありましたか！」

「この世には、知らぬ事が一杯でありまする！」

寛朝は爆笑し、秋英も一寸吃驚《ちょっとびっくり》した後、笑いだす。ちゃんと小鬼達が見えていた。こうとなったら、己は妖を見る力がある事を、納得するしかないではないか。

しかしそうと知っても、意外と落ち着いている己に、秋英は驚いていた。何だか嬉《うれ》しいからだろうか。今まで目にした全てが腑《ふ》に落ちて納得したような、これからが恐《こわ》いような、不可思議な気持ちがしている。どうした訳か、涙さえ滲《にじ》んできている。

（これで少しは役に立っていけるかも）

いやもしかしたら、毎日はとんと変わらないのかもしれない。それでもいいとも思う。

鳴家達が「牛蒡」と呼んで、秋英を嬉しそうに撫《な》でていた。

男ぶり

1

江戸でも有数の繁華な通りとして知られた通町《とおりちょう》で、先月火事があった。江戸を丸ごと飲み込む大火とはならなかったものの、土蔵造りの大店《おおだな》まで火に包まれた。何町もの建物が、黒こげの炭と化したのだ。

それが。

十日もせぬ内に仮の店舗が建ち、翌月には焼けた町並みの後に、雨後の竹の子のように、店や長屋が姿を現していた。

大店の普請《ふしん》も既に始まって、町には鎚《つち》の音が響き活気がある。表通りの店主達は、住まいと店を早く元に戻したいと願っているから、大工や左官達に気前良く、朝出や居残りの金を払ったのだ。早、漆喰《しっくい》師や柿葺《こけらぶき》師の姿も見られ、町は早急に元の姿に戻っていく。

いや以前より揃《そろ》って新しい分、見た目が美しい位であった。

そんな中、火を貰《もら》って灰と化した廻船《かいせん》問屋兼薬種《やくしゅ》問屋、長崎屋も、早々に仮住まいを建て、店を再開している。その横では、新しい土蔵造りの長崎屋が建て直されていて、朝から沢山の者達が走り回っていた。

おまけに、長崎屋では他のことでも忙しかった。まだ商売をいつものように出来ぬこの時に、話をまとめてしまおうと、当主藤兵衛《とうべえ》が、息子松之助《まつのすけ》の縁談を進めていたのだ。そろそろ松之助が身を固めるとの噂話《うわさばなし》が出た途端、本当に多くの申し込みが長崎屋へ舞い込んで来ていた。

勿論《もちろん》江戸では、茶屋などで見合いをするときは、かなり縁談が進んでいるのが一般的だ。まだ縁談話が来たばかりの今、当人が見合いに出かけることは無い。だが松之助は藤兵衛の供をして、店をあけることが増えていた。

「兄さん、誰と婚礼をあげるんだろうなぁ」

長崎屋では今、燃え残った土蔵の内、二つの倉座敷で、主人夫婦と若だんな一太郎《いちたろう》が暮らしている。若だんなは今日、母おたえのいる方の倉座敷に顔を出し、長火鉢の横でころりと寝転がっていた。

もっとも病弱な若だんなが畳にただ寝転がったら、途端に風邪《かぜ》を引き熱を出し、おまけに腰痛まで抱え込むのは必定だ。若だんなが一の倉の倉座敷に腰を下ろした途端、風のように兄《にい》やの仁吉《にきち》が姿を現し、掛け布団《ぶとん》であるふかふかの夜着《よぎ》を、くるりと若だんなの身に巻き付け、さっさと消えていた。おかげで若だんなは今、大福餅《だいふくもち》のように丸くなっている。

「やれやれ……何でただの綿入れじゃなくて、夜着を着なきゃいけないんだろ」

若だんながこぼすと、おたえが笑っている。

おたえは子に甘い母親であった。しかし父の庶子である松之助に、長崎屋を継がせることには、断固として反対している。もし病弱な若だんなに何かあったなら、そのまま店を畳む気でいるのだ。

だが松之助が店で働くのを、嫌がるそぶりは無かった。養子にやるのであれば、持参金を付けるのも構わぬという。松之助には不思議な程、皆と変わらぬ接し方をしていて、時には優しいほどだ。それが若だんなを、ちょいと戸惑わせる。

（おっかさんて、何だか変わったところがあるよねぇ）

何というか、『人並み』とか、『余所様《よそ》は』とかいう言葉を、おたえは時として忘れるみたいなのだ。それはいっそ不思議なことであり、納得出来ることでもあった。

何故《なぜ》なら。おたえの母にして先代の長崎屋のおかみ、おぎんは……人ならぬ者であったからだ。祖父、長崎屋伊三郎《いさぶろう》が惚《ほ》れた相手は、皮衣《かわごろも》の名を持つ、齢《よわい》三千年の大妖《たいよう》であったのだ。

つまり、おたえも妖《あやかし》の血を引いている。それは若だんなよりも濃く、その分、いささか変わっているのかもしれなかった。

祖母のおぎんは今、神なる荼枳尼天《だきにてん》様にお仕えして、長崎屋を離れている。その名の通り、銀細工で作った花のごとき美貌《びぼう》の主であったと、若だんなは聞いていた。おたえはおぎんに似たのだ。

もっとも似たのは、麗《うるわ》しさだけではなかったようだったが。

「松之助は縁組みについて、何か言っていたかい？」

茶を淹《い》れながら、おたえが聞いてくる。若だんなは首を振った。

「全然。兄さん、おとっつぁんには何ぞ、話しているのかなぁ？」

若だんなの言葉に、おたえがあっさりと、それは無いと首を振った。藤兵衛がおたえに、何も言っていなかったと言うのだ。

「あの人は、私が聞きたいと思っていることを、隠すお人じゃ無いから」

そう口にすると、おたえはにっこりと微笑《ほほえ》む。おたえは未《いま》だに、大層綺麗《きれい》だと言われていて、春に咲くしだれ桜のようであった。若だんなのような大きな子がいるようには、全く見えない。

（おとっつぁんは若い頃、綺麗なおっかさんに、一目惚れでもしたのかしらねえ）

父は元々、長崎屋の手代《てだい》であった。毎日麗しい姿が目の前にあったら、確かに惚れるかもしれない。

だがこの時、若だんなはふと首を傾《かし》げた。すると若だんなの袖口《そでぐち》から顔を出した、鳴家《やなり》という小鬼達も、そっくりな恰好《かっこう》に真似《まね》して、皆で首を傾げることとなった。

（で……おっかさんを好きになったその先、おとっつぁんはどうしたのかしら？）

実はそこから先、夫婦になるまでの両親の話は、若だんなには少々謎《なぞ》であった。婚礼は母のおたえが十五の時のことで、当時の母には今の松之助よりも遥《はる》かに多い、数多《あまた》の縁談がなだれ込んできていたと、聞いたことがある。大店の息子、身分高き武家、高位の医者。おたえは相手を、選び放題だったのだ。

確かに母を見ていると、そんな日もあったろうという気がする。しかしそれなら何故、一緒になったのが、金も身分もない店の手代藤兵衛であったのか。

若だんなは思いきって、母に疑問をぶつけてみた。日中のこととて皆忙しく、部屋の内には、若だんなとおたえしかいない。頑丈な土蔵内の声は、外に漏《も》れることもない。

「どうして手代だったおとっつぁんと、婚礼をあげたの？」

するとおたえが、面白がっているかのような顔つきをした。ゆっくりと答える。

「仲人《なこうど》さんが、縁談を持ってきたからかしらねえ」

「おとっつぁんは、長崎屋の奉公人だったんでしょ？　仲人さんは、どうしてわざわざ、おとっつぁんとの話を持ってきたの？」

「違いますよ。店の奉公人との縁談を、持って来る人はいないもの。頂いたのは、全く別のお人とのご縁よ」

沢山来た縁談相手の中で、目立って素敵なお人だったと、おたえが笑う。役者かと見まごう男ぶりだったのだ。

「私ときたら、あの時はすっかり夢中になっちまってね」

若だんなは一寸《ちよつと》、惚《ほう》けたような顔になった。母が父以外の男に、恋していたとは知らなかった。縁談相手であれば、そのまま婚礼となっていたかもしれない。そうしたら藤兵衛の息子である若だんなは、今頃この世にはいなかっただろう。

この時部屋の隅から、ふふふと耐えかねたような、笑い声が聞こえてきた。見れば妖の屏風《びょうぶ》のぞきと野寺坊《のでらぼう》が、いつの間にやら階段の途中からひょいと顔だけ見せている。もしかしたら、獺《かわうそ》や鈴彦姫《すずひこひめ》も来ているかもしれない。話を耳にし、面白がっているのだ。通町一帯が焼け、訪ねて行く先が減って、妖らは今ちょいと暇なのだろう。若だんなが己《おのれ》の為《ため》の菓子鉢を差し出すと、妖達はわっと菓子に群がった。皆、豆餅を片手に、こちらに目を向けている。おたえの恋の話に、興味があるに違いない。若だんなは己も餅菓子を一つ手に取ると、知りたいような聞くのが恐《こわ》いような、不思議な心持ちで、おたえに尋ねてみた。

「おっかさん、その縁談相手は、どんなお人だったの？」

おたえはまた少し笑うと、若だんなよりも若かった頃の話を、懐《なつ》かしそうに語り出した。

2

「おたえちゃんは、いいわねえ。大店のお嬢さんで」

琴の稽古《けいこ》からの帰り道、一緒に習っている八百屋の娘、お香奈《かな》が溜息《ためいき》をついた。お香奈はおたえ同様お店《たな》の娘で、不自由ない暮らしをしている。稽古に出るときは、ちゃんと女中の一人もついてくる。

だが親の店である八百屋しなの屋は、長崎屋程の大店ではない。跡取り娘のお香奈は可愛《かわい》いが、おたえのように小町と言われ、瓦版《かわらばん》にその麗しさが書かれることはなかった。同じ十四歳でも、降るように縁談が来ている長崎屋と違い、しなの屋にはまだ話がない。

そのせいかお香奈は最近、おたえを羨《うらや》む言葉を口にするようになった。おたえはどういう訳か、一日に百回程、いいですねえ、みたいな言葉を人から掛けられる。そしてその内五十回くらいは、お香奈が言っている気がしていた。

「私、婿《むこ》を取らずに嫁ごうかな。大店のおかみになるんだ。そしておたえちゃんみたいに、大切に大切にして貰うの」

こちらもお香奈の口癖だ。だがその言葉を聞くと、おたえは少しばかり困ってしまう。

全《すべ》ての親が長崎屋の両親のように、とんでもなく甘い訳では無いと、承知していたからだ。ましてや嫁ぎ先の舅《しゅうと》や姑《しゅうとめ》が、ただただ甘いなどという話は、聞いたことがない。

もっとも、本当はお香奈もそれを承知していて、だからこそ『おたえちゃんは、いいわねえ』と繰り返し言うのかもしれない。

おたえは江戸でも一、二を争う繁華な通りに店を出す大店、長崎屋の一人娘で、家付き娘であった。おまけに長崎屋は、親が『気合いの入った親馬鹿《おやばか》』だと言われていたりする。

その上手代の藤吉《とうきち》が、今日のお嬢さんは一段と綺麗だと言っていたように、容姿を褒める男達だとて多い。つまりおたえは、一見、何の苦労も無く金に困らず、悩みもない、何とも羨ましい友に見えるのだろう。

(でも……人が見た目通りであるとは、限らないのよねぇ)

おたえは、ちらりと後ろに目をやり、家の陰にすっと隠れた影を見て、小さな溜息をついた。

(おっかさんてば、今日も私に守狐《もりぎつね》を付けてるんだ)

美しくなってきた娘が、心配なのだろう。女中の他に、おぎんはよく眷属《けんぞく》をおたえに付け守らせている。だがそれは尋常とは言い難いことであり、悩みの種にもなる。おたえにはおたえの苦労というものが、あったりするのだ。しかしこの悩みは、人前で口に出来るものではなかった。

おたえは軽い調子で話題を変え、お香奈を誘った。

「ねえ、ちょいと信田屋《しのだや》さんへ寄っていかない？　新しい半襟《はんえり》が見たいの」

「あら、いいわね」

二人は人通りの多い大通りへ回った。目当ての半襟屋は大して遠くはない。しかし、そこへ行き着くまでにも、更に数多の店がおたえ達を誘った。

小間物屋の前にさしかかると、二人は引っ張られるかのように、店先に置かれた簪《かんざし》の前で足を止める。おたえが玉簪を覗《のぞ》き込んでいると、その時横からお香奈が、大事な秘密を打ち明けると、おたえに言ってきた。

「実はね、あたし油屋大場屋の若だんなが好きになったの。おたえちゃんにだけ打ち明けるのよ。私が先に好きになったんだから、おたえちゃん、あのお人を好いちゃあ嫌よ」

恋は早い者勝ち。お香奈はそう言うのだ。だがこの打ち明け話に、おたえは苦笑を返した。

「お香奈ちゃん、一昨日《おととい》は千川屋の若だんなにほの字だって、言ってなかったっけ？」

その前は紺屋《こうや》の若だんな、その前は草履《ぞうり》屋の息子だ。他にもいた気がしたが、もう憶《おぼ》えてもいられない。だがお香奈の返事は、堂々としたものであった。

「そうよ、みんな素敵な人じゃない。あたしが先に思ったんだから、おたえちゃん、取るような酷《ひど》い真似はしないでね」

（あら……）

どうやらお香奈の『好き』という言葉は、おたえへの牽制《けんせい》らしい。おたえは小さく溜息をついたが、否《いな》とは言わなかった。何を言っても、お香奈は渋い顔をするように思えたからだ。足下近くの影の中から、苦笑のような声が小さく聞こえる。

（やれやれ、大した友だな）

おたえはぷいと顔を上げたまま返事をせず、小粒の珊瑚《さんご》玉が付いた簪を手に取った。すると、手元が不意に陰る。振り向くと、見知った顔が笑っていた。

「まあ、岩見屋の辰二郎《たつじろう》さん」

「おたえさん、可愛い簪を見ているね。似合いそうだ、買ってあげましょう」

辰二郎は役者似の整った顔に、気さくな笑みを浮かべつつ、おたえの指の先からひょいと簪を抜き取った。

「でも……おとっつぁんが、余所の人に何ぞ買って貰《もら》っちゃ、駄目だと言ってたわ」

おたえが慌《あわ》てて辰二郎を止める。だが辰二郎はさっさと支払いを終えると、にやりと笑い、簪をおたえの髪に挿《さ》した。

「ならばこのことは、二人の秘密だ」

稽古事の帰りで、女中を連れている。だから簪のことは直《す》ぐに親に知れると、辰二郎も分かっている筈《はず》であった。だが『二人の秘密』という言葉が、なまめかしくもぞくりと、おたえの心の内に響く。知らぬ内に、頬《ほお》がぽっと熱くなってくる。途端。

「痛っ」

足下を小さな影のようなものが過ぎ、辰二郎は眉間《みけん》に皺《しわ》を寄せた。

「野良犬《のらいぬ》の子でもいたかな。足に嚙《か》みついてきやがった」

「まあ！」

おたえが近くの、店の影を睨《にら》む。その時お香奈が、おたえと同じような赤い顔をして、振り袖を摑《つか》んできた。

「ねえ、私が先よ。私が先っ」

何が先かは言わず、その目が辰二郎を見つめて潤《うる》んでいる。お香奈の手が、辰二郎が買った珊瑚の簪に伸びたのを見て、おたえはさっと簪を抜き、袖の内の袋に落とし込んだ。

「あ……何よ、見せてくれてもいいじゃない」

不機嫌な顔つきとなったお香奈に、おたえが辰二郎を紹介する。

「煙管《きせる》屋岩見屋さんの御次男で、辰二郎さん」

実はと、話を継いだ。

「わたしの、縁談のお相手なの」

この言葉を聞き、辰二郎がにこりとする。お香奈の顔が店先で強《こわ》ばっていった。

小間物屋で思わず口にした一言の為に、おたえは後で、山ほど聞きたくない言葉を耳にすることとなった。

まず翌日の朝餉《あさげ》の時、父伊三郎からやんわり、しっかり、注意を受けたのだ。

「おたえ、決まってもいない縁談のことを、出かけた先で言うなんて、感心しないね」

もうこんな事をしてはいけないと、父はぴしりと言った。その口調がいつになく厳しい。おたえは茶碗《ちゃわん》を手に、その言い様の裏にある父の気持ちを、感じ取った。

(やっぱりおとっつぁんは、辰二郎さんのことを、気に入っていないのね)

おたえは小さく溜息をつく。おぎんは側《そば》で何も言わずに、二人の話を聞いていた。

おたえには、老舗《しにせ》煙管屋の次男坊、辰二郎の何がいけないのか、とんと分からない。大店の息子だし、辰二郎の方には、婿入りする気が大いにあるように見えるのに。

だが辰二郎だけでなく、これまで舞い込んできた縁談のほとんどを、伊三郎は気に入らぬ様子であった。

ことに辰二郎については、おたえが嬉《うれ》しげに話をした日から、態度がはっきりとしている。伊三郎は辰二郎を、長崎屋の婿として迎える気は無いと思う。

その事を考えると、おたえの気持ちは堅く凝り固まってくる。部屋へお使い仔狐《こぎつね》の天空《てんくう》が遊びにきても、もそもそと動くのを見ても、今は気が晴れない。天空はおたえが構ってくれぬものだから他の守狐にじゃれつき、あっさり逃げられると、今度は最近姿を見せ始めた鳴家《やなり》達を見つけ、追いかけている。「ぎょんぴー」という慌てた声が天井から聞こえた。

（おとっつぁん、この頃顔つきが厳しい……）

いつもはひたすらに優しく、ただただ甘い親だが、伊三郎は時として驚くほどに頑固な一面を見せることがあった。おたえはそのことを、ようく知っている。そういうときは大抵母の事が関わっていた。母おぎんが……並の人では無く、妖《あやかし》であるということが。

（そのことが私の縁談にも、大いに関係してくるのか……な）

これはおぎんだけの問題ではないのだろう。おたえだとて半分は妖であった。一応人として生まれているとはいえ、おたえはおぎんと、それは似た顔形をしている。きっと他にも、似たところがあるに違いなかった。

（世間の人は妖の血と聞くと、やっぱり不安に思うんだろうな。だからおとっつぁんは、私を守る為に頑固になる。私の縁談相手も、厳しく選ぶことになるんだ）

きっと、そういうことなんだろう。

（おとっつぁんは、どういう人なら長崎屋の婿に迎えるのかしら）

降るように縁談はあるものの、真剣に考え始めると、おたえは先々誰かの花嫁になれるものか、考え込んでしまう。おたえを嫁に欲しいという……心の底から、たとえ妖の血筋であってもいいという、そんな剛の者がいるものだろうか。

（辰二郎さんは……駄目かなぁ）

おぎんはどう思っているのか、一度話してみたい。だが……やはり心配をかけたく無いとも思うのだ。伊三郎もおぎんもひたすらに優しい。これはおたえの自慢であった。なのに文句を言うようで、腰が引ける。

（ああ、どうしたらいいんだか）

その内に気が落ち込んで、おたえは天空が荼枳尼天《だきにてん》様の所に帰るまで、毎日一緒に遊び、暫《しばら》く琴の稽古をさぼってしまった。すると、頭の痛くなることが他にも起こってきた。おたえ付きの女中が部屋に顔を出し、気になる話を聞いたと、こっそり教えてくれたのだ。

それによると、ここ何日かお香奈が、煙管屋に通っているという。

「煙管屋？……お香奈ちゃん、煙草《たばこ》を呑《の》んだっけ？」

おたえは、お香奈が吸っているところを、見たことがない。つまり……。女中がいなくなると、部屋の隅の影から守狐が先に、おたえの思ったことを口にした。

「あのお香奈って娘、辰二郎の店に通ってるんじゃないのかい？」

お香奈は今までにも、おたえと噂《うわさ》が立った相手に、ちょっかいを出してきたことがある。友ではあるが、実はおたえに対抗心でも燃やしているのかもしれない。

さて、お香奈が親しげに近寄ったら、辰二郎は一体、どうするであろうか。おたえは部屋の隅に置いてあった鏡の蓋《ふた》を取ると、覗き込む。そこに不機嫌そうな顔が映っているのを見て、一人小さく溜息をついた。

3

「おや、これは長崎屋のお嬢さんではありませんか。いらっしゃいまし」

半時《はんとき》ほど後。おたえは一人で、煙管屋岩見屋に行ってしまった。するとさっそく手代《てだい》に見つかり、奥へと案内される。岩見屋は長崎屋と違って古い店なので、天井近くに鳴家が沢山いて、こちらを見下ろしていた。いつもなら可愛いと思うのだが、今日のおたえは、それどころでは無い。

奥の一間に顔を出すと、噂通り、確かにお香奈が来ていた。おたえを見た途端、一寸口《ちよつと》を尖《とが》らせる。だがお香奈と辰二郎は二人きりでいた訳ではなく、別にもう一人、見たことのない男の人がいた。そして辰二郎はお香奈では無く、その男と話し込んでいたのだ。

おたえを見ると、辰二郎は明るい顔を向けてきた。お香奈が岩見屋に来たことも、続いておたえがきて、お香奈と顔を合わせたことも、辰二郎は余り気にしていないように見える。

（ふーん、いい気なもんだねえ）

おたえの足下から、また微《かす》かな声が聞こえる。それには気づかずに、辰二郎はお香奈が店奥に上がり込んでいる訳を、こうおたえに説明をした。

「実は今、水口屋の長兵衛叔父さんから、相談を受けていたところでね」

ちょうどその時、お香奈が店へ訪ねてきたので、一緒に考えて貰っているのだという。

「そうだ、出来たらおたえさんも、協力してくれませんか」

おたえはちらりとお香奈を目の端で見てから、小さく頷《うなず》いた。話を断って、お香奈より先に帰ったり出来ない。向こうを向いたままのお香奈も、そう思っているかもしれない。

「どんな問題が起こったんですか？」

問うと、ここで辰二郎の叔父、水口屋が話に入ってきた。まだ四十代であろう、辰二郎の叔父らしく、なかなかに良い男ぶりであった。

「それが、難しいというより、奇妙な話なのです。実は卵で困ってましてな」

「卵？」

水口屋によると、毎日座っている店の帳場《ちょうば》に、ある日卵が一つ現れたのだという。

「妙な所に置いてあるものだと、家の者に聞いてみました。だが、誰も己《おのれ》が置いたとは言わないのです」

誰かの悪戯《いたずら》かと思い、たかが卵のことだからと、水口屋は忘れることにした。だが。

「卵が再び、私の前に現れたのです」

今度は水口屋の居間にある長火鉢の中にころんと転がっていた。二度目は驚くというより、腹が立ってきた。

「食べ物を粗末にして、もったいないじゃあありませんか。それに、私を驚かせて楽しもうなんて許せなかった」

だが今度も、悪戯をした当人は見つけられない。それでとにかく店の者を皆集め、止《や》めるようにとはっきり言い渡した。水口屋はそれで一件は終わると思ったという。

だが、そうはいかなかったのだ。

「卵がまた転がり出ました。今度は寝間《ねま》にありましてな。何と敷かれた夜着《よぎ》の上に、置いてあったんです」

寝る前の刻限に気づいたが、有明行灯《ありあけあんどん》の明かりの中で、卵が気味悪い。だがもう遅かったのでいかんともしがたく、卵を畳んだ着物の上に置き、朝台所へ返す気で寝た。そうしたら、とんでもないことになってしまった。

「何が起こったんです？」

思わずお香奈とおたえの声が揃《そろ》う。水口屋の声は、いささか暗いものとなった。

「実は……起きたら卵が、二つになっていたんです！」

これを聞いて、部屋にいた三人が黙り込む。被害は無い。奇妙なだけだ。だがそのことが、いっそう気味悪さを増す。

「その後も卵は出てきたのです。一度など、私の持っていた巾着《きんちゃく》に入っていたんですよ！」

我慢できなくなった水口屋は、顔見知りの岡っ引きに、暫くこまめに店へ来て欲しいと頼んだという。がめつく、いささか性格は悪いが、腕は立つ親分であった。すると、ぴたりと卵は現れなくなったのだ。

「良かったですね。事は解決したんですか」

おたえの言葉に返事を返したのは、辰二郎であった。

「それが、そうでもないんだよ」

何しろ親分と下っぴきが毎日何度も来るものだから、そのたびに謝礼がかさむ。ずっと先まで、そのままではいられない。

「叔父さんとしては、そろそろ親分さん方には、いつもの見回りに戻って頂きたいそうなんです。しかし……」

岡っ引きがいなくなった途端、また奇妙な卵が現れるのではないか。そう思うと水口屋は最近は、卵焼きを食べるのも、何とはなしに気が進まぬと言う。

「では水口屋さんは、どうなさりたいのですか？」

「誰が、何故《なぜ》、卵を置いたのか……それが分かれば、事はすっきりするんですが」

水口屋はまず家族に相談したが、誰からも良い案は出ない。それで今度は、親戚内《しんせき》でも利発で通っている、辰二郎を訪ねたのだ。

「まあ、やはり辰二郎さんは、頭がいいんですね」

お香奈が嬉しそうな声を上げる。水口屋が言うのには、もしこの一件を無事解いてくれたなら、次男である辰二郎が、先々岩見屋から分家するとき、援助させてもらうという。

辰二郎とお香奈の目が光った。おたえの胸も、どきりと鳴る。

(もし……もしここで辰二郎さんが、自力で店をもてるようなお人だと分かったら、おとっつぁんは辰二郎さんを見直すかしら?)

そうなれば、辰二郎に長崎屋へ婿《むこ》に来て貰《もら》えるかもしれない。この水口屋から融通してもらう金子《きんす》は、持参金とすればいい。

そうと思った途端、おたえは己の頬《ほお》が熱くなるのを感じた。

(あ……私、好きなんだ)

惚《ほ》れていた。気が付けば穴に落ち込むように、辰二郎に惚れていた。何としても辰二郎に、卵の謎《なぞ》を解いて欲しいと思う。おたえにとって、初めての思いであった。

「辰二郎さん、頑張って不思議を解いてね。私も協力するから」

おたえは算術の問題や謎解きが、結構得意なのだ。そう言うと、ならば水口屋へ調べにゆくのに、つき合わぬかと辰二郎に誘われる。水口屋も構わぬと、あっさりと言ってくれた。

お香奈の表情が、急にすいと曇ってきたのが、目の端に映った。

4

「なあ、おたえ。卵の謎、解いてやろうか」

翌日、長崎屋の部屋で、おたえは待ち合わせの煙管《きせる》屋岩見屋へ行く支度をしていた。するると、守狐《もりぎつね》がそう言ってきたのだ。

「あら、私達のことを応援してくれるの？」

「謎が解けても、残念ながら辰二郎の利益になるとは限らないがね」

その言葉に、おたえはちょいと眉根《まゆね》を寄せる。だがそこで女中が部屋に顔を出し、守狐は黙って消えた。おたえは岩見屋に着くまで、その言葉を考え込んでしまう。だが行き着いた途端、それどころではなくなった。

「あら……」

店表に、何故だかまたお香奈の姿があったのだ。隣に並んでいる辰二郎は、嫌がるでもなく、にこやかに話している。

(どうして?)

そう思っても、女中の前で、しかも道端で問いつめる訳にもいかない。結局そのまま、三人と供の者で、水口屋へと向かうこととなった。

水口屋は通町の中でも、ぐっと日本橋に近いところで、煙草屋を営んでいる。人通りの多い大通りを北に向かうと、道の右側に、うだつの上がった、なかなか大きな構えの店が見えてきた。辰二郎の姿を見ると、直《す》ぐに店先にいた小僧が奥へ引っ込み、代わって笑顔の番頭が迎えに出てきた。

店奥に通されると、人目につかぬ所もなかなかに立派な作りだ。貧乏神はいない。水口屋が繁盛《はんじょう》しているのが窺《うかが》われた。通された奥の間で、女中が茶を運んでくると直ぐ、水口屋長兵衛が皆の前に笑顔で現れた。

だが女中の姿を見ると、水口屋は渋い表情を浮かべ、ぞんざいな口調で追い払う。その後水口屋は、辰二郎達の挨拶《あいさつ》を聞く間も惜しんで、急いで話を切り出してきた。

「皆、来てくれて助かった。それでな、また卵が現れたのだ」

今朝のことで、場所は水口屋の寝間を出たところ、廊下の真ん中に卵が置いてあったのだという。

「最初は気が付かなくて、庭に蹴《け》り出し、割ってしまったよ」

本当なら今日あたり、岡っ引き達にお引き取り願う心づもりであったのが、また恐《こわ》くなったらしい。今、水口屋の跡取り息子は、他家に商売の修業に出ていて、家にいる家族は女ばかり。甥《おい》っ子が頼りだと、水口屋は辰二郎の肩に手をかけ、よろしくと頼んでくる。

「任せて下さいよ、叔父さん」

辰二郎の返事は威勢がよい。

だが、ではどうやって一件を解決するのかと思ったら、辰二郎は座ったまま、さて卵を置いたのは誰か、などと言いつつ考え込んでしまっている。お香奈ときたら、ただ「そうよね」とか、「どうやったのかしら」とか言っているだけだ。

(座って考えてちゃ駄目よ。せっかく事が起こった水口屋へ来たっていうのに)

おたえは、それとなく辰二郎を部屋の外に誘ってみた。

「ねえ、この店のどこに卵が置いてあったのか、見てみたいわ」

すると水口屋が直ぐに番頭を呼び、一同を案内させる。

(あら、家の内なのに、水口屋さんが案内して下さらないのかしら)

番頭が来ると、三人は水口屋に一礼して部屋から出、最初に卵が置かれた帳場へ向かう。部屋内に声が届かなくなったところで、辰二郎が僅《わず》かに笑みを浮かべた。おたえが首を傾《かし》げると、ささやくように言う。

「叔父さんは、面倒くさくて、己で案内しなかった訳じゃ無いと思う。きっと台所へ行くのが、嫌だったんだよ」

「あら、男は厨房《ちゅうぼう》に入らぬと、決めておいでなの？」

確かに台所は、店のおかみの領域であった。今も番頭が、これから台所へも回るからと、ちゃんと女中頭に話を通している。あそこは女の場所なのだ。だがここで辰二郎は、益々《ますます》おかしそうに顔を歪《ゆが》め、首を振った。

「違うんだよ。実は……台所に、叔父さんの昔の女がいるのさ。さっき茶を運んだ、あの女中だよ」

おたえとお香奈が顔を見合わせる。そういえば先刻の水口屋の態度は、何か妙であった。

「なに、もうとっくに縁は切れているんだが。ただあの女中お六には、叔父御との間に女の子がいてね。いや、それが分かったときだって、叔父御はきちんとしたんだよ」

辰二郎はきちんと、という言葉を強く言った。水口屋は、この先一切水口屋へ迷惑をかけぬという条件で、お六に金を付け、下駄職人と一緒にならせたのだという。

「でも、その下駄職人は早死にしたらしい。お六は子を抱え、困っちまったんだ」

幼い子を持った女が食えるほど、稼げる職がなかなか見つからない。水口屋は仕方なく、おかみに内緒で、お六を店で女中として雇ったのだ。

「まあ……そのお六さんというお人のことは、内緒なんですか」

これを聞いたお香奈が、勢い込んで言う。

「じゃあ、じゃあ、あの卵はお六さんが、旦那への嫌がらせに置いたものかもしれませんね」

同じように水口屋の子を産んだのに、おかみは立派な店の妻。お六はその女中で、使われる立場だ。腹を立ててやったのではないか。

「ああ、叔父御もそんなことを、ちらりと考えたみたいだ」

だから水口屋は最近、お六への態度が、いささか妙になっている。だが辰二郎の方は、その考えに首を傾げている。お六は水口屋で働いて、はや十五年になるのだ。

「今更急に、叔父御憎しとなるかなあ」

もう娘も大きくなった。お六はまだまだ若いから、他家でも働ける。水口屋にうんざりしたのなら、今なら出てゆけるのだ。奇妙な嫌がらせの必要など、あるだろうか。

「まあっ、辰二郎さんのお考えって、凄《すご》いです。その通りですよね」

店表へゆく出入り口の手前で、客が途切れるのを待ちながら、お香奈が手放しで褒める。さっき己が言ったお六への疑いは、あっさり忘れたようであった。おたえも、辰二郎が言う通りだとは思うものの、何か引っかかる。

「お待たせしました。どうぞ」

番頭が帳場から声を掛けてきたので、辰二郎、おたえ、お香奈が店にあがる。卵は一見分かりにくい、帳場の内側の隅に転がっていたという。

「番頭さん、この帳場に近づける人は、どなたですか？」

「辰二郎さん、そういう者は多いんですよ」

帳場は店表の奥に仕切られているが、とにかく客商売であるので、店には客でも奉公人でも入ってこられる。たかが卵一つ、どうとでもして持ち込めるのだ。ただ、卵があったのは、帳場の内側であった。客のいたずらで、簡単に卵を置ける場所ではなかったのだ。

「やはり、店内の者のしわざか」

辰二郎は更に、怪しい者を見なかったか聞いている。だが、もしそんな心当たりがあるのなら、とっくにその話は水口屋へ伝わっているだろう。おたえは周りを見回した後、横にいた手代《てだい》に、店表の奉公人は何人いるのか聞いてみた。

「八人でございます」

番頭が一人、手代が三人、小僧が四人。

「小僧さんはまだ、帳場《ちようば》には入らないわよね？」

「それは勿論《もちろん》」

その手代によると水口屋では、帳場に座るのは、主人か番頭だという。卵が見つかったとき、帳場にいたのは主人であった。うっかり落として割りそうになり、騒ぎがあったので憶《おぼ》えているという。

(卵は、いつ持ち込まれたのかしら)

その時、店の隅に鳴家《やなり》の小さな姿が見えた。それでおたえは、奥へと入る戸の陰に行くと、鳴家に短く聞いてみた。

「卵、誰が持ってきたの？」

そう言ってから奉公人達を指さしたが、鳴家は首を振るばかり。直ぐに暗がりの中へ消えてしまう。おたえががっかりすると、また守狐の声が、足下からした。

(おたえ、鳴家は気が小さい。他家の鳴家に聞いたところで、大して喋《しやべ》っては貰えな

いよ）

「それはそうだけど……」

次に一同は台所に歩を進めた。横に土間とへっついのある、四畳半ほどの板間だ。女中三人と下男一人が、きちんと挨拶をしてくる。ここでふと気になって、おたえは女中頭に、台所の卵が減ったことがあるかを聞いた。すると、あっさりと返答があった。確かに、なくなっているというのだ。

「ただ……」

女中頭は、少し言いよどむ。

「台所から無くなった卵より、出てきた卵の方が一つ多いんです」

「はあ？」

驚いた辰二郎が、思わず声を上げている。おたえもこんな話が飛び出てくるとは、思ってもいなかった。

「奇妙だな……まるで妖《あやかし》の仕業《しわざ》みたいだ」

辰二郎の声に力が無い。見ると少し腰が引けている。おたえは顔をしかめた。

次に番頭が連れて行ったのは、廊下を行った奥、主人の居間と寝間《ねま》であった。

「二番目に卵は居間から出てきました。長火鉢の灰の上に置かれておりまして。あの時旦那《だんな》様はまだ、大して気味悪がっておられませんでしたので、卵は昼餉《ひるげ》に食べて頂きました」
火鉢の熱のせいか丁度半熟になっていたので、あんかけにしたと言いつつ、番頭は
居心地の良さそうな部屋にある長火鉢を指し示す。寝間は居間のすぐ隣であった。
「夜、寝間に現れた卵は、さすがに気味悪く思われたのでしょう。次の日出てきた卵
と一緒に、奉公人に下さいました。我らは汁に溶き入れて、皆で頂きました」
「あら、どの卵も傷《いた》んではなかったのね」
お香奈が妙なことに感心している。
「巾着《きんちゃく》に入っていた分も頂けて嬉《うれ》しかったのですが、廊下にあった卵は、旦那様が気
が付かず庭に蹴り出し、割れてしまいました」
どうも奉公人達は、思わぬご馳走《ちそう》を喜んでいたふしがある。おたえがふと、最初の
帳場に現れた卵は、どうしたのかと聞く。
「あれはさっき、叔父さんが落としたって、手代さんが言ってなかったっけ？」
辰二郎の言葉を聞き、番頭が笑った。
「ああ、最初の一個だけは、ゆで卵だったんですよ。それで落としても食べられまし
た」

どうやら水口屋が食べたらしい。

「あらまぁ、一つだけゆで卵だったの？」

おたえは驚いて番頭に確認すると、確かに固ゆで卵だったという。

「不思議だ……卵をゆでるのって、それなりに手間よね」

卵を入れた鍋《なべ》を、暫《しばら》く火にかけていなくてはならない。

「でも、水口屋の台所で卵をゆでたとは思えないな。そんなことをしたら、とうに疑われているはずよね？」

そんな話は出てきていない。辰二郎がまた、気味悪がっているような、気弱な顔つきとなった。それを見たおたえは、胸のあたりが、ちりっと焦《こ》げるような気がした。

(辰二郎さん、余程、摩訶《まか》不思議が嫌いなのかしら……)

それともそんな風に恐れるのが、普通のことなのだろうか。やはり……やはり辰二郎はおたえの血筋を知ったら、気味悪がるのだろうか。

言葉を無くしてしまったおたえの周りで、辰二郎達もまた黙り込んでいる。事を摩訶不思議と感じてしまったら、解決など出来るものではない。

水口屋の奥座敷は、しばし静まりかえったままであった。

5

「なあ、おたえ、私が力を貸してやるよ。何度もそうと、言っているじゃないか」

長崎屋へ帰り、文机《ふづくえ》に寄りかかっているおたえに向かって、部屋に姿を現した守狐《もりぎつね》が、太い尾を振りながら声を掛けてくる。だがどうにもこうにも機嫌が良くないおたえは、返事をしなかった。

辰二郎は結局、何一つ卵の不思議を解決出来ず、水口屋から帰ってしまったのだ。このままでは分家する金など、出して貰《もら》えそうもない。おたえとも添えはしない。おまけにおたえは、卵の謎《なぞ》が頭の隅に引っかかって、すっきりしなかった。水口屋は、暫く親分さんに顔を出し続けてもらうことにしたようだ。

「辰二郎さんは、どうして卵の件を、摩訶不思議だと思うのかしら」

あれにはきっと、ちゃんとした訳があるはずだ。分かってみれば、それ程不思議な話では無い気もする。おたえは己《おのれ》一人でも考えてみようと、文机に身を乗せるようにして、しばし考え込んでいた。

すると。

「おや、そんな恰好《かっこう》でも綺麗《きれい》なのは、お嬢さんくらいのもんですね。まるで赤い朝顔のようだ」

笑うような声がした。開け放った障子の向こう、廊下を見てみれば、手代の藤吉が木鉢を手に笑みを浮かべている。お八つを持ってきてくれたのだろう。

だらけた恰好を見られたおたえは、急いで姿勢を正す。藤吉が木鉢の中身を見せてきた。

「蕎麦饅頭《そばまんじゅう》です。じつは長崎屋の北東の小路に、小さな菓子屋が出来ましてね」

若い夫婦が開いた店で、三春屋《みはるや》というらしい。本当に近いので、おたえが菓子を気に入れば、これからちょくちょく買うことになるだろうという。

「へえ、どんな味かしら」

蕎麦饅頭を一つ口にすると、素朴な、ほっとする味わいであった。おたえが頷《うなず》くと、藤吉は木鉢ごと菓子を文机に置いた。それを見たおたえは、口を開きかけて……言葉に出来なかった。

お八つが来ると狐たちが寄ってくる。部屋に立てかけてある派手ななりの屏風絵《びょうぶえ》からも、手が伸びてきたりする。それで結局いつも、木鉢一杯の菓子を空にしてしまうのだ。

藤吉など、それを不思議に思うに違いないが、どう言い訳したらいいか、おたえには分からなかった。きっと、困った顔をしたに違いない。

すると、藤吉の柔らかな声がした。

「お嬢さん、何か言いづらいことがあるんなら、黙ってりゃいいです。どうでも言わなきゃならねえことは、ありません」

なに、おたえは綺麗で、それだけで周りに功徳《くどく》を与えているのだから、些細《ささい》な事は気にする必要は無いと言う。藤吉の確信を持った言い様に、おたえは小さく笑い出した。

「藤吉の言うことを聞いていると、大抵の悩みは、大したことじゃないと思えてくるわよねえ」

「お嬢さん、悩みがおありで？　何か吐き出したいことがあるのなら、藤吉が仕事もおまんまもほっぽり出して伺います。気の済むまで！」

「あらま、おとっつぁんに叱《しか》られそうだこと」

おたえはまた笑うと、己は大丈夫だから店で働いてきてと、藤吉を部屋から送り出す。その姿が廊下の端へと消えると、いつの間にやら消えていた守狐がさっそく現れて、その細い前足を木鉢の端にかけた。

「蕎麦饅頭とは気が利《き》いてる、利いてる。あの藤吉にはその内、麗《うるわ》しい女狐でも紹介してやらねばならんな」

早く饅頭をくれといって、両の前足を拝むようにぽんぽんと合わせる。おたえは一つ息をついてから、饅頭を三つほども渡した。屏風絵の妖にもあげている間に、更に何匹かの狐がちゃっかり部屋に入り込んで、菓子鉢に前足を突っ込んでくる。

「守狐、藤吉は人なのだから、お相手は狐じゃなくて、人のお嬢さんにしてちょうだいな」

店の手代まで、おたえと同じ悩みを持つことはないと思う。だがせっせと饅頭を減らしている狐達は、また別の意見を持っているようであった。

「何がいけないんじゃ？　女狐は古来、麗しいと決まっているものだぞ」

「騙《だま》されてみたいほどの、いい女だわ」

「我もそれ程の伴侶《はんりょ》が欲しいの」

「……お前にはどうも、無理だと思うが」

狐たちはその内、どの女狐が一番麗しいか話し始める。その横で守狐が、蕎麦饅頭を口にしつつ、にやりと笑いつつ言った。

「なに、藤吉なら奥方が狐だろうが妖だろうが、好いている相手となら楽しくやるだろうよ。気にするな」

ここで守狐が、ちらりとおたえを見る。

「辰二郎も、ちっとはそういう男だといいな」

おたえが饅頭を投げつけた。それを誠に器用に宙でぱくりと食べると、守狐はおたえの前に降り立つ。前足で顔を二、三度撫《な》でた後、おたえに紙と筆を用意しろと言ってきた。

「さて腹もふくれたし、そろそろ卵の不思議を考えようか。なあ、おたえ」

このままでは、辰二郎は水口屋の一件を怪異と決めつけ、放っておくかもしれない。

それでは辰二郎の男が上がらない。

今のままでは、伊三郎は辰二郎を認めない。

「やれやれな事だが、意地を張らずに私の助けを借りて、おたえが何とかあの男を、助けてやるしかないだろうよ」

それが唯一《ゆいいつ》、あの卵の件を終わらせる道だと、守狐は言う。おたえはちらりと守狐を見ると、いささか疑い深い口調で問うた。

「守狐は、おとっつぁんと同じで、辰二郎さんのことをあまり買ってはいないよね？」

「そうだな、ありゃ大した男じゃないから」

「なら何で、協力をしてくれるの？」

狐の長い鼻面《はなづら》が、おたえの眼前に近づく。目玉がきらりと光ったと思ったら、鼻の頭をぺろりと嘗《な》められた。

「おたえ、お前さんが見たいだろうと思ってな」

「何を？」

「岩見屋辰二郎は、おたえが支えたら、何とかなる男かどうかを、だ」

まあ、今おたえは男にぞっこんだ。だから今何かを注意しても、聞くものじゃあ無いからなと言い、守狐は嫌みたらしく口元をひん曲げた。とにかく出来るだけのことをした後で、辰二郎がどういう態度でいるか、それをおたえは見なければいけないのだ。

「だからほれ、さっさと文箱を出し紙の支度をせんか。考えるぞ。卵の謎を解くぞ」

守狐にせかされ、おたえは墨や紙の用意をする。他の狐達も雁首《がんくび》を揃《そろ》え、卵に思いを馳《は》せたのであった。

「どうもまだ、よく分からない。おたえさん、卵の謎を解くのに、どうして一日中、台所にいなくてはならないんだい？」

二日後。守狐達と考えをまとめたおたえは、辰二郎を呼び出し、未明から水口屋の台所へ顔を出していた。

「辰二郎さん、先日水口屋さんに来たとき、台所の卵が減ってたって聞いたわよね。つまり、卵を持ち出した人がいたのだけど」

その者が水口屋の部屋に、卵を置いたに違いないのだから、誰なら台所から卵を持っていけたか、調べるべきなのだ。そして『誰が』が分かれば、『どうして』そんなことをやったのかも、分かるに違いない。これが守狐達との、話し合いの成果であった。

おたえはここまで語った後、ちらりと横を見た。不思議なことにどういう訳か、この度もお香奈が水口屋へ来ていたのだ。

(私は知らせていないわ。今度は気をつけて、お稽古《けいこ》の時も話さないようにしたもの)

おたえが水口屋で今日、卵を調べると言ったのは、辰二郎だけであった。だから……お香奈をわざわざ呼んだのは、辰二郎なのだ。

(辰二郎さん、本当に、何を考えているのかしら)

お香奈は今日も、気合いの入った綺麗な身なりをしている。最近は段々態度が露骨になってきて、稽古の帰り、おたえと一緒に歩くことも無くなってしまった。

（お香奈ちゃん、本気になってきたなぁ）

三人は台所の隅で、店から借りた床机《しょうぎ》に座って、ただ人の動きを見ていた。水口屋は朝一番から忙しく、台所の奉公人らは、卵にばかり目をやってなどいない。焚《た》き付けに火が付けられ、湯が沸かされる。飯が炊《た》かれる。桶《おけ》に張った水が、奥の座敷へ運ばれてゆく。大根の漬け物を切る者、膳《ぜん》を出す者、人は入り乱れる。

その内朝餉《あさげ》となって、女中らが主人達の膳を、奥へと運んでゆく。入れ代わるように、奉公人らが台所へ入ってきた。横の板間で朝飯を食べるのだ。

おたえ達にも朝飯が振る舞われる。水口屋の食事は豪勢では無いものの、繁盛《はんじょう》している店らしく、飯も漬け物もたっぷりと盛られ、汁も付いている。皆の顔は明るい。

「お店の早朝って、忙しいのね」

床机で朝餉を取りながら、おたえは動いてゆく店内の様子に、目を見張っている。朝の台所など、見たことが無かったのだ。横でお香奈が苦笑した。

「おたえちゃんて、本当にお嬢さんなんだから。どの店だって朝はこんなものよ。忙しいときは、あたしも奉公人に混じって、朝から用事をしているわ」

お香奈の親の店は、長崎屋ほど大きくは無い。奉公人はいるが、家族も台所や店で働いているのだ。

「その点水口屋さんは、女中と下男で、四人もいるから楽ね」

お香奈が羨《うらや》ましそうに言う。だがおかみや娘達も、全く台所に立ち入らぬ訳でも無いらしく、食事が終わって暫《しばら》くしたころ、何度か台所に顔を出してきた。来客人へ出す菓子の指示や、買い物や表への使いを頼む時など、あれこれ用は多い。途中で水口屋も、下男に用を言いつけに、顔を見せた。

店表からも、番頭や手代《てだい》、小僧が水を飲みに来たり、表の客へ出す茶を頼みに来たりと、思っていた以上に台所へくる。女中達は昼餉の下ごしらえを済ませると、台所を受け持つ一人を除いて、各部屋の掃除に散った。辰二郎が眉《まゆ》を顰《ひそ》める。

「おやまあ、これは思っていたより、出入りが激しいなあ。この店で働く皆が、台所へ来ているみたいだ。卵が入った籠《かご》は、そこの台に置いてある。これじゃあ誰でも、卵を取れるじゃないか」

がっかりとした様子であった。おたえは懐《ふところ》から何やら書き付けを取りだし、見入ったあと、辰二郎、辰二郎の方を向く。

「辰二郎さん、ちょっとお聞きしたいんだけど」

奉公人には聞こえないように、小声で尋ねた。

「水口屋さんとお六さんが知り合ったとき、お六さんはこの店の、女中さんだったの?」

「いや。もし店に居て子が出来たんだったら、おかみさんはとうに、お六さんのことを感づいただろうよ」

「じゃあ、どこで出会ったのかしら?」

「叔父さん、花火を見に行った夜、会ったとか言ってたな。茶屋娘だったのか、麦湯でも売っていたのか」

その夜の出会いの後、とにかく二人の間には子ができた。

「娘さんがいるのよね? 名を知ってる?」

「いや、聞いたことがないね」

水口屋は、口にしたことがないという。おたえ達三人は、そのまま日暮れまで台所に居座った。夕餉までご馳走《ちそう》になり、奥の部屋には早、布団《ふとん》が敷かれてゆく。辰二郎は一日水口屋にいて疲れたのか、時々首を回したりしている。

おたえはここでもう一度、守狐と書き出した書き付けを取りだし確認した。

(店表で機会があった人は、奉公人達)

（奥へは夜、行けない人がいた……）

その後辰二郎を裏庭に呼んだ。奉公人に話を聞かれない為《ため》だ。そこにお香奈も付いてくる。

暮れてゆく空の上に、今日は大きな月がかかっていた。だが闇《やみ》は月の光のために、却《かえ》って濃く、おたえは隅にある低い庭木の中に、守狐《もりぎつね》が潜んでいるのを感じていた。

おたえが今日一日見たことを元に、卵の一件について話を始める。それを聞いた辰二郎の顔は、段々と強《こわ》ばっていった。

6

裏庭での話合いの末、辰二郎は心を決めた。帰る前に一度話がしたいと、水口屋に申し込んだのだ。

はて何事かと、水口屋は以前に通した店奥の一間に、三人を呼んだ。先日何も摑《つか》めずに帰ったせいか、愛想は良いが、水口屋は何も期待はしていない様子だ。

「今日はご苦労様だったね。何か分かったことがあったかな」

辰二郎は叔父の前に座ったまま、直《す》ぐには言葉を発しない。だが、しばし迷った様子を見せた後、ごほんと咳払《せきばら》いをしてから叔父の顔を見た。

「あの……叔父さん、一応卵の一件のこと、考えのついた事があるんですが」

「ほう、それは凄《すご》いもんだ。さすがは私の甥《おい》だよ。どれ、聞かせておくれ。誰がどうして、あんなことをやったんだい？」

水口屋は先を促すが、辰二郎の方は、いささかためらいがちだ。それでも、おたえの方を向いた後、水口屋の様子をちらちらと確認しながら、事の次第を話し始めた。

「今日私とおたえさん達は、叔父さんも知っての通り、一日台所に座ってました」

勿論《もちろん》卵を見張っての事だ。その時辰二郎は……そう辰二郎は、ある事に気が付いたのだ。また、ちらりとおたえを見てから言う。

「叔父さん、卵を台所から持ち出すことの出来た人は、沢山いたんです。何しろ台所には、皆が顔を出しに来てましたから」

だがその時、辰二郎は……辰二郎が、引っかかったことがあった。

「最初帳場《ちょうば》に現れた卵は、ゆで卵でした。叔父さん、食べたそうですから、憶《おぼ》えているでしょう？」

そしてこれだけは、台所から持ち出した卵ではなかったのだ。

「卵の数が合わないのと、その日誰も台所で卵をゆでてないことから、分かったんです」

つまり最初の卵は、道をゆく卵売りなどから買ったものだと思われる。

「なのに、二個目からは生卵でした。ここでね、おかしいなと思ったんですよ」

「なんだい、卵に、ゆで卵と生卵の違いがあっちゃ、いけないのかい？」

水口屋は、だんだん辰二郎の話に、引き込まれて来たようであった。だが質問が出ると、辰二郎の顔色が途端に悪くなる。言葉に詰まり、じきにごほごほと咳《せ》き込み後が続かない。

その内おたえの方に、すがるような目を向けてくる。仕方なく、辰二郎の調子が悪いからと、おたえが水口屋に断って、話を引き継ぐこととなった。

「水口屋さん、二つの卵の差には、重要な訳があるんですよ」

ここでおたえは、懐から書き付けを出し、事を確認した。

「最初にゆで卵が置かれた帳場に入れるのは、水口屋さんと番頭さんです。それと店表は朝早く、女中さんと小僧さんが掃除をしているとか」

帳場は金が置いてある所ゆえ、これ以外の者がいたら目立っただろう。帳場の内側に卵を置くのは、存外難しいのだ。

「ところで、水口屋さん。以前夜中の内に、卵が一つ増えたことがあったとおっしゃいましたね？」

水口屋が頷《うなず》く。寝る前に一つ、起きたらまた一つ、寝間《ねま》で卵が見つかったことがあった。

「そんな遅い刻限だと、奥はご主人とその家族の領域です」

例えば番頭や女中は、もう奥の間には行かない。見つかったら、そこにいる訳を質《ただ》される。

「帳場に卵を置けただろう者達と、奥へ卵を置けた者達が、重なりません。そして卵には、ゆで卵と生卵がありました」

部屋の中が静かになった。水口屋は黙り込んでいる。おたえは話を急いで終わらせたいかのように、先を急いだ。つまり。

「ゆで卵と生卵を置いた人物は、違うんです」

卵を置いた者は、一人ではないのだ。

「そこまで分かれば、後は誰が置いたのか、考えるのは容易《やす》いことかと」

こう言って、おたえは大きく息を吐いた。出来たらこのあたりで水口屋が事を察し、後はこちらが言わずに済ませてくれれば助かる。特に辰二郎はそう思っているのだが……。

だが、水口屋は納得しなかった。

「何が分かると言うんだい。私にはとんと、話が見えないよ」

辰二郎が横で、畳を見つめている。おたえと辰二郎は、事の次第が見えてきたとき、このまま黙っていようかとも話したのだ。だが口をつぐんだままでは、叔父は辰二郎への支援の約束を、果たしてくれない。

「とにかく最初の卵のことだけなら、誰が置いたか、水口屋さんはもう察しを付けておられるんじゃないですか。なぜなら最近、水口屋さんはお六さんに、きつく当たるようになったというお話で」

最近お六は、ずっと大人しくしていた態度を変え、何か水口屋へ言ってきたのではないか。

「お六さんは昔、卵売りをしてたそうですね」

これは守狐が調べてくれたことだ。お六は盛り場で、ゆで卵を売り歩く女だった訳だ。おたえにそうと言われて、水口屋はぐっと顔つきを硬くする。

「お六とのことは、もうとうの昔に終わっているんですよ。それを今更、子の……」

水口屋はここで言葉を切って、黙ってしまう。だがおたえには、言葉の先が聞こえたような気がした。水口屋はお六に何かを言われ、今更だと、すぱりと断った。今は主人である男とお六は、なかなか話す機会もない。だがお六は諦《あきら》め切れず、思い出のゆで卵を届け、己《おのれ》の気持ちを示したのだ。

（お六さんの娘さん、私より少し上の方だとか。もしかして、嫁ぐ話でもあるんだろうか）

その前に、父に会わせたいと思ったのか。それとも娘に願われたか。お六がしたかったのは、そんな話かもしれない。

ここで水口屋が、しかめ面《つら》で辰二郎に問うた。

「もし……もし最初の卵が、お六の仕業《しわざ》だとしたら、残りの卵は誰が置いたんだ。それこそ、意味のない……」

あの卵がなければ、水口屋はとうにお六がやったことと決め込んで、卵のことは無視したかもしれない。だが、お六が置ける筈《はず》もない場所に現れた幾つもの卵が、水口屋を不安の塊にしたのだ。

「誰なんだ？」

段々水口屋の声がきつくなってくる。

（言って良いのかしら）

だがもう隠しておく訳にもいかず、おたえは正直に話した。ここまで来たら、黙っていても仕方がない。

「生卵を置いたお方は……水口屋のおかみさんか、娘さん達ですね、多分」

「な、何故《なぜ》だ？」

おかみしか、水口屋の寝間に卵を置けないではないかとおたえが言う。だがその言葉に、水口屋は納得しなかった。おたえを睨《にら》んで来る。

「どうして妻が、いきなり卵なぞ置き始めたんだ。訳が分からん！」

こうなったら仕方なく、おたえは生卵が現れた原因を口にする。

「おかみさん達は多分……最近、お六さんと娘さんのことを、お気づきになったんですね」

水口屋が妾《めかけ》や子のことを黙っていたことも、お六を女中として店に置いていることも、気に入らなかったに違いない。お六と同じように、卵をあちこちに置いたのは、水口屋がどうするか見たかったからかもしれない。

「…………」

ここでおたえは話を終えた。納得したのかどうなのか、水口屋は向かいで黙り込んでしまっている。どう見ても、あまり機嫌は良くない。全くもって、良くない。

それを見ていた辰二郎の顔が、じきに情けないような表情になる。そのまま静けさは続き、もう遅いから帰ると、こちらから言い出すしかなかった。

7

卵の謎《なぞ》を解いた結果がどう出たか、このまま分からないかも知れないと、おたえは思っていた。もう一度水口屋へ行くことは、無いだろうからだ。だが結果は意外なところから、分かることとなった。辰二郎が、長崎屋との縁談を取り消してきたのだ。何と今、お香奈との話が進んでいるらしい。

（何で……）

思わず辰二郎に問いつめたいところではある。だが、おたえには理由を推し量ることが出来てしまう。つまり辰二郎の叔父水口屋は、己が頼んだ相談事ながら、示された結果が気にくわなかったのだ。

きっとお六のことでも、おかみと娘の事でも、水口屋は今、後始末で苦労しているに違いない。都合の悪い答えを出した辰二郎に対する気持ちは、当然のように目出度《めでた》くないのだ。

よって分家するための援助も、出してもらえぬこととなったのだろう。

「私……一生懸命やったつもりだったのに」

辰二郎は分家出来る機会を失ったので、婿入《むこい》りの見込みが薄い長崎屋よりも、小さい店でも主《あるじ》となれる道を、選んだのだろう。誠にあっさりとしたものであった。

(何でこんなことに、なっちゃったんだろ)

おたえは昼間は呆然《ぼうぜん》としていた。夜一人になると涙がこぼれてきた。

母に見つかったら、それは心配をかける気がして、泣き顔など見せられない。父に分かったら、おたえの先々について心痛を増やす気がして、やっぱり目の前では泣けない。

本当は辰二郎にすがってみたい。でも、婿に来て貰《もら》えるとは思えないのに、お香奈との縁談を邪魔するようなことをしては、いけないのではないか……。

それより何より、己が妖《あやかし》の血を引いているからこそ縁談が進められず、こんなことになったのだ……。

(こんな考え、おっかさんに、おとっつぁんに、言えない)

考え込んでは深みにはまり、おたえは益々《ますます》気持ちを落ち込ませた。気が付くと、一人で泣く癖がついていた。涙が勝手にこぼれて落ちる。

すると時々、部屋の隅からの声が、おたえの身に絡《から》んでくるようになった。

「おうい、どうした。困ったな、どう慰めればいい？　どうしたんだい？」

これは屏風《びょうぶ》のぞきだ。大丈夫だと言っても、引っ込まない。

「ぎゅーきゅー……」

鳴家《やなり》達は心配げに鳴き声を上げている。

「なあ、辰二郎に腹が立つのなら、あやつの喉笛《のどぶえ》、噛《か》みきってやろうか」

守狐の声もした。謎を解いても、辰二郎が頼りに成らぬ事を、守狐は見通していたように思える。だがそれでもやはり守《も》りであるからには、おたえを泣かせるものは気にくわないのだろう。

「なあ、おたえ。なあ、泣くな」

その内、影が文机《ふづくえ》に突っ伏しているおたえの真後ろにやってきた。じっと、おたえを見ているのが分かる。おたえは振り向いた。

「だから、大丈夫だって言って……」

声が途中で止まる。そこには守狐でなく藤吉が、菓子鉢と共に立っていたからだ。

「お、お嬢さん、涙がこぼれていますよ」

お互いを見て、おたえと藤吉、どちらがより驚いたのかは分からない。ただ藤吉はこの時いつものように、恐ろしくも沢山の褒め言葉と共に、おたえを慰めてきたのだ。

「お嬢さんが泣くと、この世の全《すべ》ての花が、枯れてしまいます」

「今は花の季節じゃないわ」

つれない返事にも、藤吉はめげない。

「お嬢さんが、全部の花の代わりをしているんですよ」

言い方を変えつつ、花のようだなどという言葉を大奮発。麗《うるわ》しい、優しい、大事だ、楽しいと、これでもかと思うほどに、優しい言葉を揃《そろ》えてくる。余りの多さに少し笑えてきた。藤吉ときたら必死なのだ。

(藤吉なら相手が女狐であっても平気だろうって、守狐《もりぎつね》が言っていたっけ)

当たっていると思う。藤吉といると気が楽になる。そう思ったら、何故だかぽろりと、また涙がこぼれて落ちた。馬鹿《ばか》みたいだと思いつつ、また泣いて……だが今度は少し気が落ちついた。

それでおたえはその日から、しばし藤吉の話を心の薬代わりに聞くことにした。その言葉は、綿をたっぷりと入れた綿入れのように、おたえの気持ちをくるんでくれる。大げさで明るい言葉を聞いていると、涙が乾いていく気がする。

そしてその日から、藤吉の褒め言葉は日に日に益々、磨きがかかっていった。

「しばらくして、縁談の多さに困ったおとっつぁんが、誰がいいのか、名前を言ってごらんと言ったの。だから私は、藤吉の名をあげたのよ」

若だんなは話のくくりを聞き、目を見開いた。

おたえの父伊三郎は、最初その名に驚いたようであった。だがどういうわけか、この縁には反対はしなかったのだ。藤吉は藤兵衛と名を改め、長崎屋の婿となった。

「……へええ、おとっつぁんとおっかさんて、そんないきさつで、一緒になったんですか」

興味深い話であった。だが、これが松之助の縁談の参考になるかというと、いささか違うような気もする。その時土蔵の階段から、堪《こら》え切れぬような笑い声が聞こえてきた。

「おたえは幼いときから頭は良かったが、いささか行き当たりばったりでな。要するに諸事、何とかなるさという手合いだ。恋したときは、守狐が手を焼いてたよ」

話し出したのは、当時おたえの部屋にいたという屏風のぞきだ。おたえが茶碗《ちゃわん》の湯を掛ける仕草をしたら、あっと言う間に姿が消えた。

「それで、守狐は今、どうしているの？」

妖達の宴会に、狐の姿は見かけない。若だんなが聞くと、おたえは庭に立つ稲荷《いなり》を指さし、あそこにいることが多いという。おたえに夫が出来たので、さすがに部屋からは遠慮したが、それでも離れずにいるらしい。今はおぎんのいる荼枳尼天《だきにてん》様の庭と、行き来をしているのだ。

「あの人と居ると、本当に、なんの心配もない日々の中にいる心持ちがするの。一緒になれて、良かった」

おたえが笑う。振られた時は辛《つら》く思ったけれど、何が幸に転じるか、つくづく分からないものだ。

「本当に、次の日には今まで思いもしなかったことが、待っているんだわ」

幸も不幸もあるが。

「それがおとっつぁん？」

「あの人も、その一つ」

母が笑う。若だんなは父が女狐でなく、母と添って良かったと、しみじみ思う。

（しかし長崎屋の親馬鹿、守りの妖馬鹿は、先代からの伝統だね）

そうと知り、若だんなは苦笑と共に、夜着《よぎ》をかき寄せる。そして何とも暖かい着心地にすっぽりくるまれていると、鳴家が何匹も中に入ってきて、一緒に丸くなった。

今昔

1

「あらよっ」
「ほれさっ」
「きゅわわっ」
「ちょいとこさっ」

青空が広がる昼過ぎの八《や》つ時、江戸は京橋の近くにある長崎屋の離れは、人影が踊り、楽しそうな声に満ちていた。今日は祝いの日なのだ。

先だって、江戸でも繁華な通町《とおりちょう》は火事となった。幾つもの町が火に飲み込まれ、廻《かい》船《せん》問屋兼薬種《やくしゅ》問屋、長崎屋も、貰《もら》い火をし焼け落ちたのだ。病弱でその名を、上野のお山にまで響かせた若だんなも煙を吸い、死にかける騒ぎとなった火事であった。

その後長崎屋は、仮宅で商いを続けていたが、この度やっと新しい家屋が出来上がった。長崎屋は昨日より、新たな店で商いを始めたのだ。その門出を祝って、今日は長崎屋の若だんな一太郎《いちたろう》が、寝起きをしている真新しい離れで、宴を開いていた。

離れの居間には、料理の大皿が並んでいる。雉焼《きじや》き田楽に味噌《みそ》漬け豆腐、利休蒲鉾《かまぼこ》に鯛《たい》の活《い》け作り。芋掛卵もあれば、寄せ卵も出ている。鮨《すし》、白和《しらあ》え、煮染《にし》め、芋の煮転ばし、香《こう》の物などもある。田楽芋、饅頭《まんじゅう》芋や団子、花林糖に『鈴木越後』の羊羹《ようかん》まで揃《そろ》っていた。

皿の間に酒の入ったちろりも置かれており、幾つかは既に空になっている。部屋に詰めかけた者達が、せっせせっせと料理や酒を減らしているのだ。だがその客達の姿は、いささか……かなり尋常ではなかった。

酔っているのか、部屋の内で歌い踊っている数人は、身の丈数寸の小鬼であった。それが数多《あまた》、ちょこまか飛び跳ねている。

「団子好きぃ、蒲鉾好きぃ。きょんげーっ」

その横で、酒を飲みつつ蒟蒻《こんにゃく》みたいに身をくねらせているのは、一見まともな貧乏僧だ。だが共に踊っているのが、煌《きら》びやかななりの美童だから、何とも妙な組み合わせであった。

若だんなの横で大酒を飲んでいる、屏風《びょうぶ》のぞきと呼ばれる派手な男とて、まともかと見えて並の者ではない。男の足は、何故《なぜ》だか屏風の中に吸い込まれるようにして消えていた。その向かいにいる小粋《こいき》なねえさんは、かなり色っぽかったが、顔は白い猫。他にも、どう見ても人とは言えぬ輩《やから》が大勢、長崎屋の離れで機嫌良く飲み食いし、火事のことや数多の噂《うわさ》を話し、盛り上がっている。

しかしこの離れの主である若だんなは、異形の者に周りを囲まれていても、驚くでもない。一嘗《な》めした酒でぽっと頬《ほお》を赤らめつつ、芋の田楽をゆっくり食べていた。何故なら。

「若だんなぁ、田楽、一口下さいよぅ」

長崎屋の離れにいるのは、若だんなとは馴染《なじ》みの妖《あやかし》達だった。若だんなは大妖《たいよう》である祖母の血を引く故《ゆえ》に、妖を見ることが出来るのだ。

今日の宴とて新築の祝いだけでなく、妖達が火事から無事逃げられた祝いも兼ねている。妖達は、酔ってごきげんであった。

「それにしても最近通町は、不運なことが重なるよな。まず何町も焼けた。その上、身を寄せた寺で大病したり、寝込んだ御仁《ごじん》が何人もいるとか。避難暮らしが祟《たた》ったのかの」

「きゅいい、恐《こわ》い、恐い」

ここで、何ぞ良き知らせは無いのかと声がした。答えたのは屏風のぞきであった。

「ろくろっ首さん、聞いたかえ。紅白粉《べにおしろい》問屋のお雛《ひな》ちゃん。あの塗り壁娘が火事の後、ついに白粉化粧を取ったそうだよ」

「あれ、そいつは本当かい？　ああ、その煮染めをおくれ」

「その話は、この野寺坊《のでらぼう》も聞いたぞ。あの娘の紅白粉問屋も貰い火をしたから、今、大変なんだよ。己《おのれ》の化粧どころじゃ、なくなったようだの」

「おおっ、白塗りの下から、どんな素顔が出てきたのかのぉ」

妖達が話に盛り上がる。ここで猫又《ねこまた》のおしろが、にこりと笑った。

「あたしにも、とっておきの話があるわよ。何と若だんなの兄さん、松之助《まつのすけ》さんの縁談が、いよいよ決まるみたい」

「なんと、なんとーっ」

妖達が沸き立つ。松之助は長崎屋の主藤兵衛《あるじとうべえ》の庶子で、今は長崎屋で働いていた。

「相手はたれぞ」

「米屋の大店《おおだな》、玉乃屋のお嬢さん。それがねえ、若い二人は縁談を知る前に、たまたま神社で出会ってたんだって」

松之助は長崎屋に戻った後、気になった米屋の娘のことを口にした。するとそれを漏《も》れ聞いた番頭が、当の玉乃屋から来ていた縁談を思い出したのだ。

ここで屏風のぞきが、にやりと笑う。

「実は先程、長崎屋の新築祝いを持って、その米屋の主が来たみたいだよ。今、旦那《だんな》様と客間で話しているようだ。つまり松之助さんの縁談は、一気に進んでいるのさ」

「おおおっ」

妖達は顔をつきあわせて、一斉《いっせい》にこの噂について話し始めた。いつ婚礼となるか、賭《か》けを始めた者すらいる。

だが寸《すん》の間《ま》の後、皆の目が段々と一点に集まり、じきに部屋内が静かになった。その内、鈴彦姫《すずひこひめ》という付喪神《つくもがみ》が首を傾《かし》げ、一人黙っている若だんなの顔を覗《のぞ》き込む。

「若だんな、どうなすったんです？　お兄さんの縁談ですよぉ。今までずっと、気にしておいでしたでしょう？」

もしやまた、具合が悪いのかと鈴彦姫が聞くと、卵にかぶりついていた小鬼の鳴家《やなり》達が、心配げな顔をして若だんなの膝《ひざ》に上がってきた。屏風のぞきは若だんなをひょいと引き寄せ、額に手を当ててくる。

「珍しく熱は無いみたいだね。どうしたんだい。胃の腑《ふ》が痛いのか？」

何しろ若だんなときたら、日々あらゆる病に罹《かか》って、こまめに死にかかっている。先だっては、三途《さんず》の川の鬼とも顔見知りになったという、病の強者《つわもの》であった。

「大丈夫だよ。うん、玉乃屋さんからの縁談はいい話だと、おとっつぁんも言っていたよ」

若だんなはあっさり言うが、その返事には、やはり力がない。屏風のぞきが眉《まゆ》を顰《ひそ》めた。

「何だか妙だね。若だんな、どうした？」

「だから、何でもないってば」

「ほう、言わないのかい。なら仁吉《にきち》さんか佐助《さすけ》さんを、呼んだ方がいいかね」

こうと聞いて、若だんなは慌《あわ》てて首を振った。これまた妖である兄《にい》や達が出て来ると、せっかくの宴会の最中に、夜着《よぎ》にくるまれ寝かしつけられてしまう。

「その、ただね……ただ、今は少し、情けない気持ちで一杯なんだよ」

何故なら長崎屋は昨日から、新しい店での売り出しで、大忙しだからだ。

「店が忙しいと……何で若だんなが、落ち込むんだい？」

屏風のぞきが妙な顔つきをして、若だんなの頰をつっつく。若だんなが深刻そうな溜息《ためいき》をついた。

「昨日から開店祝いの最中だろ。廻船問屋長崎屋じゃ、豊後《ぶんご》の梅干しや松前の昆布を、売り出してる。特別安く売ってるんだ」

　間口が十間もある土蔵造りの店は大戸が開け放たれ、土間から一段上がった畳の店先には、売り出しの品が積み重ねられている。昨日はそこに客がつめかけ、大賑《おおにぎ》わいであった。薬種問屋の方でも、長崎屋名物で喉《のど》に良い白冬湯や砂糖に、『祝い値段』と称した値をつけ、店先の土間から溢《あふ》れる程の人を集めていた。

「新たな長崎屋の門出だ。私だって頑張って一杯売る気でいたんだよ」

　最近庶子である兄の縁談が、まとまりそうだと聞いた。それなら長崎屋に残るのは、いよいよ若だんな一人。しっかりしなくてはと思い、今朝は張り切って店表に行ったのだ。

「なのにさ、働いたら倒れる、寝込む、医者の源信《げんしん》先生を呼ぶことになると言われて……働かせて貰えなかったんだ」

　父からは早々に、離れで休んでいろと勧められた。兄やの仁吉には、綿入れにくるまれた。佐助ときたら、綿入れごと若だんなを脇《わき》に抱え、離れに連れてきてしまったのだ。

「酷《ひど》いよねえ。跡取り息子はもっと、こき使われるのが当たり前だと思わないかい？」

若だんなは味噌を塗った芋を睨《にら》んだまま、ちっとも食べていない。

するとその時、己の話題に呼ばれたかのように、仁吉が食べ物を持って離れに現れた。若だんなの愚痴が聞こえたのだろう、苦笑を浮かべている。

「仕方がないですよ。なんたって若だんなは、先日気合いを入れて、死にかけたばかりですからねえ。皆心配しているんです」

「先日って、火事があった時じゃないか。もう随分と前の話だよ、仁吉」

「あの時は本当に危なかった。三途の川まで行ったんですよ！　当分この離れで、楽しく遊んでいて下さい。若だんながここに居れば、旦那様も我らも安心しておれます」

「やれやれ、いつになったら冥土《めいど》を覗いたことを、言われなくなるのかしら」

溜息をつく若だんなの気を引き立てるように、ここで仁吉が重箱を差し出してきた。

「ご覧下さい。菓子司三春屋《みはるや》の店も、出来たんですよ。早々に栄吉《えいきち》さんの饅頭を買ってきました。久しぶりでしょう？」

若だんなは、ぱっと明るい顔になると、さっそく幼馴染《おさななじ》みの作った菓子に手を伸ばす。妖達も馴染みの味にとびつき、齧《かじ》ってみては「ぶへっ」「ぎょんいーっ」と首を絞められたような声を出している。相変わらずの凄《すご》い不味《まず》さだと、一つ食べた仁吉が深く頷《うなず》く。

「栄吉さんのもの凄い饅頭の味を、懐《なつ》かしむことがあるなんて。世の中分からないねえ」

「変わらない味だってことは、栄吉は元のまま、元気なんだ」

そう言いつつ若だんなは、横で饅頭の味にむせている妖、お獅子《しし》の背をさすり、口直しをあげようと卵に手を伸ばした。だがふと手を止め、大皿とちろりの間に目を凝らす。何かが畳の上を素早く、すり抜けていったのだ。

「あれ、目の迷いかな？」

そうと思ったとき、若だんなの視線で気がついた鳴家達が、さっそくその何かを追い始める。「きゃわきゃわ」と楽しそうに声を上げた。

「あれは何だい？　初めて会う小さな妖でも、来てたのかしらん」

若だんなが首を傾げたとき、鳴家が白いものを一匹さっと摑《つか》んだ。ところが途端に、「きょげっ」と声を上げ、畳の上にひっくり返る。見れば捕まえた白いものが顔に張り付き、息が出来ないでいる。鳴家は苦しそうにばたばた、手足を振り回しているではないか。

「ぎゅー、きゅー、ふぎゅぉーっ」

「あれま、鳴家や」

若だんなが慌てて、助けようと鳴家を引き寄せた。

ところが。鳴家を手にした途端、白いものはぴょんと跳ねて剝《は》がれた。そして若だんなの顔に飛び付くと、口や鼻を塞《ふさ》いだのだ。

(ふえっ)

息が出来なくなった。おまけに目も塞がれ、鳴家と同じく転んでしまう。「若だんなっ」妖達の叫び声が聞こえる。

(ぐえっ、く、苦しい……)

仁吉や屛風のぞきの手が、慌てた様子で白い何かを、顔から引き剝がそうとする。だが、これが剝がれない。仁吉の悲鳴が聞こえた。

「若だんな、ここは離れですよ。どうして妖達の真ん中で、死にそうになるんです?」

止《や》めて下さいと、引きつった声で言う。若だんなも死にたくないところだが、どうやったら助かるのか、とんと分からない。これではまた冥土行きだ。ひたすらに苦しい。

その時、離れの廊下を足音が近づいてきた。障子を開ける音が聞こえると直《す》ぐ、誰かが若だんなの手を掴む。

不意に目の前が明るくなった。

「はあっ……息が、出来た」

横を見上げると、新たな客人がこちらを見下ろしていた。馴染みのその顔は相も変わらず思い切り貧相で、がりがりに痩《や》せている。

「金次《きんじ》！」

案山子《かかし》にぼろ切れを被《かぶ》せたような出《い》で立《た》ちの男は、神様、しかも貧乏神であった。かつて長崎屋にやってきたはいいが、余りに歓待されたので福の神の代わりにしかなれず、さっさと出て行ってしまった神様だ。金次は料理と妖だらけの部屋の真ん中で、白くて薄いものを、ひらひらと振っていた。

「おやや、この和紙札は式神《しきがみ》じゃないか。若だんな、何でこんなもの顔に載っけてるんだい？」

へらへらと金次が笑う。若だんなが目を見開いた。

「私や鳴家に張り付いたのは、式神……？」

「そう、いわゆる陰陽師《おんようじ》が使っている式鬼神だな。最近はとんと姿を見なかったがねえ」

貧乏神でも神は神。陰陽師などに使役される神霊、式神なぞ、金次には何ほどの事もない存在らしく、紙みたいに振っている。だが、若だんなが苦しんだのを見た兄や達は、冥土の鬼もかくやという形相となり、あっと言う間に式神を切り裂いてしまった。

「おんやあ、きついことをするねえ」

金次が片眉を上げる。裂かれた式神は、白い吹雪となり畳に落ちてゆく。若だんなが一つ拾ってみると、本当にただの紙であった。

「こんなものが、顔から剝がせなかったなんて、どうしてかしらん」

「式神は陰陽師が動かすものだ。その術者が強ければ、人の力では抗いがたいだろうなぁ」

金次の言葉を聞き、仁吉と佐助は紙くずとなった式神を睨んでいる。

「誰ぞが、若だんなを狙《ねら》っているのかい？」

「誰がだ？　何の為《ため》にだ？　若だんなは己《おの》が家の寝間《ねま》で、あたしらと騒いでいただけだよ」

屏風《びょうぶ》のぞきが目を見開き、驚いている。その言葉に、兄や達が硬い口調で返答をした。

「それを突き止めねばなるまいよ」

「相手を知って、思い知らせてやらねば」

居間にいる妖《あやかし》達が、恐ろしいような、面白がっているような、何とも言えぬ顔つきをして笑った。

2

翌日、式神を寄越したその極悪人にどう対処するかで、仁吉と佐助が真剣に揉《も》めていた。二人の間で、布団《ふとん》に横になっている若だんなをいかに守るか、意見の相違があったのだ。そして兄や達は、どちらも簡単には引かなかった。

「勿論《もちろん》若だんながまた襲われぬよう、暖かい部屋でお守りすることが肝要だ。若だんなが第一の、そのまた一番だ。そうでしょう？」

夜の離れに、仁吉のきっぱりとした声が響いた。その秀麗な顔が、行灯《あんどん》のほのかな明かりを受け、いささか恐ろしげだ。だが佐助は、仁吉よりもっと攻撃的な考えを持っていた。

「もたもた調べてたら、その間に若だんながまた襲われるかもしれない。それよりも陰陽師をおびき寄せ、とっ捕まえたいよ」

「佐助、そんなことをして、若だんなに危害が及んだら、どうするんだい！」

「仁吉のやりようこそ、危ないわ。あまり時がかかると、どこかに隙《すき》が出来る」

いつもは息を合わせている兄や達が、今回は互いに譲らず喧嘩《けんか》一歩手前だ。鳴家《やなり》が怖がって、若だんなの袖内《そでうち》や膝《ひざ》の上に逃げてきていた。

（このまま争ったら、二人で、お江戸の半分くらいは壊すかもしれないね）

放っておいたら、本当にやるかもしれない。ここでお江戸を半壊から救ったのは、若だんなの一言であった。

「二人が諍《いさか》いをしてたら、気になって眠れなくなるよ。私は重い病になってしまうよ」

兄や達がぴたりと黙り込む。だが、互いに考えを引っ込めた訳ではなかった。

「我こそが、若だんなの身を守る！」

仁吉はそう言い放ち、佐助から顔を背ける。

「不埒《ふらち》な陰陽師は、さっさと狩るからな」

佐助もそう宣言すると、部屋から出て行ってしまった。金次が若だんなの布団の横で、遠慮も無くけらけらと笑い出す。

「やれ、兄やさん達は怒ってるねえ。相手になる陰陽師は気の毒だ。若だんなも暫《しばら》くは、大人しく暮らすしか無いな」

暇になるだろうからと、金次は若だんなを、久々の碁の勝負に誘った。若だんなはいそいそと、夜着《よぎ》の下から這《は》い出て碁盤に向き合う。すると金次は何気なく、今日は負けてはやらぬと、若だんなに言い出した。

「今日は？　前回私は負けてますけど？」

「我は一応貧乏神だからねえ。若だんなと碁ばかりしてるのは、どうかと思うんだなあ」

己《おのれ》から誘っておいて、金次はこう言い出した。だからもしこの碁の勝負に勝ったら、一つ貧乏神としてきちんと誰ぞに取り憑《つ》き、貧困をもたらすことにする。そうでなければ、貧乏神と言えぬではないかと言うのだ。

「何で碁の勝負が関係あるの。金次、最近暇でしょうがないんでしょ？」

聞かれた金次が、ふふふと笑う。一見お気楽そうで、冗談を言っているようにも見えた。だが碁を打ち始めて間もなく、金次はにたあと笑うと、式神の話を始めた。

「それにしてもねぇ、既に徳川の世になったってえのに、何で今時式神が出てくるのかねぇ。時代遅れなことだわな」

「金次、昔は式神が沢山いたの？」

話題が話題なものだから、つい気になり、そちらへ考えが行ってしまう。するとにやっと笑った金次が、鋭い一手を打ってきた。

「あーっ……」

若だんなは慌てて盤上に考えを集中させる。すると金次がまた、式神の話を始める。あれは今から千年以上も前の世に、数多《あまた》いた者共だと、昔を語りだしたのだ。

「式神を操っている陰陽師だがな。そもそも陰陽師というのは、朝廷の陰陽寮に属した官職の一つでね。平安の世、占術や呪術《じゆじゆつ》、祭祀《さいし》などを司《つかさど》っていたのさ」

話を聞きながら打った若だんなの手は、見事なへぼであった。金次は話しつつも、また鋭く盤面に切り込んでくる。

「だが天下の政《まつりごと》をなす役目は、公家《くげ》から武家に移った。その後陰陽師もまた、古《いにしえ》の立場を保っては、おられなくなったはずだがな」

この時仁吉が茶を出し、話に入ってきた。

「陰陽師の話ですか？　式神騒ぎの後、私も調べてみたのです。すると あ奴《やつ》らは、江戸の世にも、まだ残っていると分かりました」

たとえば朝廷や京の古き家柄では、今でも古式にのっとって、陰陽師に祭祀を任せているのだ。

「古よりの陰陽師の家柄、京の土御門《つちみかど》家が、今の陰陽師の親玉となっているようです」

若だんなは盤面を睨《にら》みつつ首を傾《かし》げる。

「どうして京にいる陰陽師の式神が、長崎屋の離れへ来たの？」

「実は江戸にも、陰陽師はいるのです」

仁吉が顔をしかめている。陰陽師は今、国の政の中心から離れはしたが、市井《しせい》の内では、却《かえ》ってその力が及ぶ範囲を広げていたのだ。陰陽師は占者や巫女《みこ》など、占いに携わっている全国の者共を、その支配下に収めつつあった。江戸役所を作り組織化していたのだ。

「その割には、最近式神というものを、江戸で見たことがないんだよねえ」

金次が笑う。仁吉も口の端を片方引き上げた。江戸市中の陰陽師配下は下位の者であり、古のように式神を扱うことは出来ぬのだ。いや、その筈《はず》であった。

「しかし驚いたことに、若だんなは実際、式神に襲われました」

一体誰が、何のつもりで式神を操っているのか。仁吉が恐《こわ》い顔で首を振った。

妖達が、あの紙のような式神が他にもいないか今せっせと探している。その式神を辿《たど》って、主の陰陽師を見つけるつもりなのだ。問題が解決するまで、長崎屋は『妖戦《ようせん》態勢』であった。仁吉は、今大層忙しい薬種《やくしゅ》問屋長崎屋を放っぽりだし、佐助は罠《わな》でも張る気か、やっぱり廻船《かいせん》問屋の面倒をみていない。

「やれやれ。仁吉も佐助も、そこまですること無いと思うんだけど。店、忙しいんだし」

「なに、この仁吉がこうしてお守りしている間は、陰陽師ごときに、若だんなへ手出しはさせませんから」

仁吉が、何とも噛《か》み合わぬ返事を、きっぱりとしてくる。若だんなが眉尻《まゆじり》を下げた。

その時、仁吉の目がすっと細くなる。黙って部屋の端まで行き障子を開け放つと、庭先に妖の野寺坊《のでらぼう》と獺《かわうそ》の姿があった。

「やれ仁吉さん。言いつけ通りに、他の式神を探し出したぞ。貰《もら》った羊羹《ようかん》が美味《うま》かったでの、頑張ったわ」

野寺坊が口を開く。見つけた式神は鼠《ねずみ》の姿をしており、何故《なぜ》だか長崎屋の母屋《おもや》の廊下に居たらしい。外へ逃げたので後をつけると、じきに他の店へと入っていったという。

「それはお手柄。して、式神はどこへ向かったのだ？」

野寺坊は、あっさり返答をする。仁吉が一寸《ちょつと》、目を見開くことになった。

「あいつは、米屋へ行ったんだよ。玉乃屋という大店《おおだな》だった」

「玉乃屋？　松之助さんの縁談相手の店じゃないか！」

仁吉と若だんなが、目を見合わせる。

「さて、玉乃屋も陰陽師に狙われているんでしょうかね。それとも玉乃屋の誰かが……長崎屋へ式神を寄越したのか」

次の言葉が出て来ず、若だんなは黙り込んでしまった。まさか式神の騒ぎに兄の縁談が関わってくるとは、考えてもいなかったのだ。

その時、金次が碁石を打つ、ぴしりという音が聞こえた。

この一手で、碁の勝負は大勢が決まってしまった。

3

「全く仁吉ときたら、やり方が甘いんだよ。陰陽師は、呪詛《じゅそ》も行う。もたもたして、若だんなが呪《のろ》いを受けたらどうするんだ！」

夜、真新しい木の香が漂う長崎屋の離れで、佐助が舌鋒《ぜつぽう》鋭く、部屋にいない仁吉への文句を並べていた。佐助は式神《しきがみ》とその親玉である陰陽師を、さっさと狩る気なのだ。

「それでなくとも火事からこっち、通町界隈《かいわい》では、妙に怪我人が多い。あの馬鹿《ばか》は、その事に考えが行ってないいんだよ！」

佐助の不機嫌な様子に恐れをなしたか、鳴家達は姿を現していない。部屋は静かであった。佐助は行灯のほの明るさの中、部屋に敷かれた五布《いつの》仕立ての布団に目を向けた。

「いいですか、若だんなは当分喋《しやべ》っちゃ駄目です。そうして頭まで布団を被《かぶ》っていて構いませんから、式神だけは用心して下さい」

佐助は部屋の隅に、以前使った護符の残りを貼《は》り、式神除《よ》けにしていた。備えは万全だと、にやりと笑う。

「若だんなのことは、この佐助が守ります」

喋るなとの言いつけを守ったのか、布団が揺れただけで、若だんなからの返事は無い。

ところがその時、夜だというのに離れの廊下を足音が近づいて来た。佐助が緊張した顔を障子戸に向けた途端、障子紙を明かりが淡く染める。直《す》ぐに廊下から問いかけがあった。

「若だんな、まだ起きてますか？」

やってきたのは松之助で、どうやら仕事が終わった後、若だんなに話をしにきたらしい。寝ていても兄からの相談事となれば、若だんなは決して断ったりしない。そうと知っている佐助は急いで障子を開け、松之助を寝間《ねま》に通した。

入った途端、若だんなが頭まで布団の山に埋もれているのを見て、松之助は少し驚いた様子であった。話すのを明日にしようかと迷うのを見て、佐助が苦笑を向ける。

「若だんなは、また風邪《かぜ》をひかれたんですよ」

だから布団で横になっているのだと、佐助は言った。喉《のど》をやられたので妙な声をしているが、まだ寝てはいない。

「明日には治ると、約束は出来ませんので」

だから今、話したらいい。佐助が水を向けると、松之助はおずおずと口を開いた。

「実はその、今来ている縁談の事で相談が」

「ああ店で噂《うわさ》を聞きました。松之助さん、いよいよ良き縁に巡り合われたようで」

ところが。笑みを浮かべた佐助に、松之助は、どうにも弱り切った顔を向けた。

「実は……その縁談で困っているのです」

「困るとは、はて?」

確か松之助が相手を気に入ったので、進んだ縁談であるはずだ。

「それがですね、確かに私は玉乃屋の娘さんと、以前に神社で出会っておりました。いえ、出会ったと思っていたんですよ」

「出会ったと思ってた? 違ったんですか」

聞くと、松之助の口から大きな溜息《ためいき》が漏《も》れ出た。神社で会ったのは、確かに米屋玉乃屋の娘であった。ただ。

「私が知り合ったのは、実は次女のお咲《さき》さんだったんですよ。そうして縁談の相手は、長女のおくらさんだったんです」

「おや、とんだことで」

そのことが分かったとき、父親である長崎屋藤兵衛は、話がややこしくならぬよう、一旦《いったん》縁談を断ろうとしたという。しかし事は既に、十分にこんぐらかっていたのだ。

「旦那《だんな》様が玉乃屋さんに、人違いだった事情を話して下さったんですがね」

ところが玉乃屋はその話を知っても、縁談を止めようとは言わなかったのだ。

「聞くところによるとおくらさんは、若だんなのように、酷《ひど》く体が弱いんだそうで」

おくらは長生き出来ないと、医者に言われているらしい。せっかくの縁談、人違いだから断るなどと言ったら、おくらが寝付いてしまうというのだ。

「玉乃屋さんとしては、これもご縁。長女も是非、嫁にやりたい。このままもらってくれぬかとおっしゃったのです」

そう言われると藤兵衛も断りにくい。だが松之助の先々を思うと、酷く病弱な嫁は困る。すると玉乃屋が、こんなことまで言い出したのだ。

「もし、おくらさんが早くに亡《な》くなったら、お咲さんを嫁にすればいいとまで言われて」

「……お咲さんという方は、妹さんですよね。その話、ご承知なのでしょうか」

「さあ……」

佐助の問いに、松之助は眉間《みけん》に皺《しわ》を寄せている。

「それで松之助さんはそのお話、どうなさるんですか？」

佐助が松之助の顔を見てくる。松之助は静かに首を振る。すると、布団《ふとん》の中から小さく声が上がった。

「断ったの？」

その声を聞いた松之助が、眉を顰《ひそ》めた。

「若だんな、今日はまた随分と喉の具合が悪そうだ。佐助さんの下さる薬湯を、ちゃんと飲んで下さいましね」

布団と化している若だんなを、気遣わしげな目で見てから、松之助は話を続けた。

「その、姉でも妹でもいいとは、言えなくて」

「もしかして、お咲さんのことが気になるのかな」

またがらがら声がする。そちらへ目を向けた松之助が、夜着《よぎ》を見つめ首を傾げた。

片眉をちょいと上げてから、話し出す。

「いやその、神社でお咲さんと会ったのは、一度だけだし」

だがお咲のことが何故だか引っかかって、話を進められない。相手は大店だし悪い縁ではないと分かっているのに。どうしたものかと、松之助は若だんなに相談しにきたのだ。

「おや、やはり松之助さんの気持ちは、妹のお咲さんの方にあるようだ」

佐助にずばりと言われ、松之助は少しばかり顔を赤らめた。

「いやその、お咲さんは優しいお人で」

そもそも松之助とお咲が出会ったのは、神社であった。お咲は姉のおくらが丈夫になるようにと、願掛けに来ていたのだ。

丁度松之助も、若だんなの為《ため》お守りを頂きに寄っていた。病人を思う気持ちが似ていた。二人は宮司にお参りの仕方などを揃《そろ》って聞き、体によい薬湯のことなど話題にしている内に、気がつけば互いの家のことや、好きな本のことなども話していた。

「何だかその、とてもいい人に思えて……」

するとそのとき、布団の内から、低いながらの笑い声が聞こえてきた。

「若だんな、笑うと喉が苦しいでしょうに」

そう言った時、松之助が若だんなの方へ目をやり、また戸惑いを顔に浮かべる。じき、ついと手を夜着に置き、首を傾げた。

「今、夜着の端が変に動きませんでしたっけ」

中で小さなものが動いているかに見えたという。見間違いかとも思ったが、見たのは二度目だ。そうと聞き佐助が目を見開いた。

「離れに何か妙なものがいるんでしょうか」

松之助の顔は真剣であった。

「おや、妙なものって何ですか？　それより松之助さん、お咲さんのことですが」

この時急に佐助が、松之助にある提案をした。お咲が気に入っているのなら、松之助は玉乃屋の婿《むこ》にはならず、いっそお咲を嫁に貰ったらどうかというのだ。

「そうなれば、おくらさんには他のお人を婿に、という話になるでしょう」

事は解決だと言われて、松之助が驚いた顔つきとなる。布団から手が離れていた。

「でも……私は奉公人で手代《てだい》です。嫁はもらえませんよ」

店に奉公する者は独り身がほとんどだったが、所帯を持つこともある。だがその場合も、通い番頭になってからというのが通例であった。

だがこの話を聞き、佐助が小さく笑う。

「あのねえ、松之助さんを養子に出すとしても、長崎屋はそれなりの持参金を付けますよ」

その分の金で、小さな店を出してもらえばいいというのだ。げほげほという咳《せき》と共に、布団の中から、からかうような声もする。

「松之助……げほっ、兄さん。お咲さんを嫁に貰うのは……嫌ですか？」

松之助は頬《ほお》を赤くし目は白黒させている。日頃、商いの決断は早いし目端《めはし》もきくのに、色恋のことになると、何ともじれったい。

「奥手というか、妙なところが若だんなと似てますねえ。藤兵衛旦那は若い頃、なかなかやり手でした。おかみさんに山ほど歯が浮くような言葉を、言っておいでだったと聞いてますのに」

「へえ」

松之助は初めて聞く父の話に、驚いている。だがその時、松之助はふと我に返った顔つきをし、若だんなの布団へ手を伸ばした。

「やはり妙です。何か……いるのか？」

不意に、夜着の裾《すそ》をめくり上げたのだ。

だが。夜着の内には、着物の端と足の先が見えるばかり。「あれれ？」松之助は、大いに首を傾《かし》げた。佐助は口の端を引きつらせ、笑いを堪《こら》えるようにそっぽを向いて言う。

「とにかく旦那様に、お咲さんのこと相談なすったらどうですか」

何にせよ話はそれからだと、佐助はここでいささか強引に話をくくった。

「ええ……とにかく、夜分失礼しました」

松之助はまだ首を傾げたまま、一つ頷《うなず》き立ち上がった。若だんなの具合が良くないのに長居をしたと頭を下げ、離れから出て行く。

障子が閉まると、夜着の下、枕《まくら》の方から低い苦笑が漏れ出てくる。夜着から鳴家《やなり》が顔を出し、ぷるぷると子犬のように首を振った。人には見えないと分かってはいても、松之助に覗《のぞ》かれて驚いたらしい。

「勘が良いなあ。鳴家、大丈夫かい？　それにしても佐助、拙《まず》いんじゃないのか、あんな昔の話をして。歳《とし》が分かってしまうよ」

「なに、気が付くものかね。それよりお前さん、喋りなさんな。若だんなは、喉が痛い病人なんだから」

しかし松之助は、本気でお咲を好いたようだと、佐助が笑っている。その顔に行灯《あんどん》の明かりが映って揺れた。

「その思い人と、うまくいくのかねえ」

「どうかな。人が多く関わると、様々な思いが絡《から》まる。すんなりとはいかないよ」

「ああ……」

さて、そろそろ常夜灯の有明《ありあけ》行灯に換えようと、佐助が火を移した。一層ほの暗くなった長崎屋の離れの隅で「ぎゅいぎゅい」と軋《きし》むような声がして、じきに消えた。

4

「若だんな、首をすっこめた亀《かめ》の真似《まね》をしてると、薬湯が飲めません。出てきて下さい」

若だんなは大勝負の碁で、金次に完膚無きまでにやられていた。

(負けちゃった。金次は本当に貧乏神の力を発揮するのかな)

不安で不機嫌な若だんなは、昼時、薬湯をめぐって仁吉と攻防戦を繰り広げていたのだ。

もっとも直ぐに苦い味を口の中に流し込まれ、「うええ」と声を上げることになる。すると長崎屋の母屋《おもや》から来ていた鳴家達が、額を撫《な》で慰めてくれた。そして何匹かは若だんなの為に、とっときの話を教えてくれた。鳴家達は玉乃屋のお咲を見て来たというのだ。

「へえ、どんな娘さんだった?」

若だんなが興味を持って聞くと、何故《なぜ》だか色々な答えが返ってきた。

「玉乃屋のお咲さん、きれい、きれい」

「おたえ様の方がきれい」

「松之助さん、とても嬉《うれ》しそうにしている」

「松之助さんは、悩んでる」

「何だか訳が分からないねえ」

だがその和やかな時は、じきに終わりとなった。寝間に泣きべそをかいた他の鳴家達が、駆け込んできたのだ。

「ぎゅんいー、びーっ」

「若だんな、式神《しきがみ》が鼠《ねずみ》で、馬鹿《ばか》なんですよう」

「ぶたれたぁ、齧《かじ》られたぁっ」

驚いて布団から出た若だんなに、仁吉が慌《あわ》てて綿入れを着せかける。鳴家達は若だんなの膝《ひざ》に乗ると、今朝方からの恐ろしき体験を話し始めた。鳴家達と野寺坊《のでらぼう》、獺《かわうそ》は、玉乃屋へ消えた式神を調べに行っていたのだ。

「やっぱりあいつら、米屋の中にいましたぁ。あのかさかさした紙の嫌な奴《やつ》ときたら、玉乃屋で鼠に化けてたんです」

「見つけて、追っ駆けっこになって」

「そしたらいつの間にやら、こっちが追いかけられてて。あいつら恐《こわ》いんですよう」

「でも途中で、一緒に盥《たらい》に落ちたんです。濡《ぬ》れたら、かさかさ達、動けなくなりました」

鳴家達はそれを見て、ここぞとばかりに、紙に戻った式神を捕まえたらしい。数にものを言わせ、押さえ込んだのだ。

ところが、ここで鳴家達はとんでもない目にあった。式神達の親玉、陰陽師《おんようじ》が現れたのだ。恐くなった鳴家は、玉乃屋の鳴家達に影の内から引っ張ってもらい、陰陽師から何とか逃げた。そして今、若だんなの膝の上で怒っているのだ。

「陰陽師！　堂々と玉乃屋にいたのかい？」

仁吉が問う。それに返事をしたのは、庭に入ってきた野寺坊であった。

「あの妙な陰陽師、玉乃屋に出入りの占い師らしかったのぉ。どうやら一月程前から、玉乃屋に顔を出してるようだ」

当たると評判なのだという。玉乃屋はおくらの縁談について、見て貰《もら》っているらしい。

「わしが物貰いに化け、玉乃屋の裏手で陰陽師について聞いて回ったが、悪い噂《うわさ》は聞かなんだな」

「でも、我と若だんなを襲った式神は、確かに玉乃屋にいる陰陽師が使っている者です。かさかさは、あいつの手下です」

鳴家が断言する。すると仁吉の黒目が、猫のように細く剣呑《けんのん》になった。

「つまり、その奴が若だんなを襲った下手人というわけか。すぐに玉乃屋に乗り込みましょう。今晩は妖《あやかし》を集め、陰陽師退治だ！」

「わあ仁吉、止《や》めておくれな」

若だんなが慌てて首を振る。

「新しい家が建ったばかりの通町で、物騒な騒ぎは止しとくれ。町が壊れるよ」

「ですが放っておくのは剣呑です。陰陽師は式神を意のままに動かせるのですよ」

最近式神が関わった物騒な話を聞かなかったのは、そんな古《いにしえ》の力を持った陰陽師が、お江戸にいなかったせいだろう。

それが復活した。仁吉が顔をしかめている。

「もしかしたら、火事の後、通町で不運な目にあった人達が何人も出たのも、その式神のせいかもしれませんよ」

佐助が話していた、あの件だ。

「でも……私や通町の人達を襲って、陰陽師に何の利があるのかしら？」

通町の人達は、財布や金目の物を取られた訳では無いと聞いている。するとここで、野寺坊が口を挟んできた。

「若だんな、別にその陰陽師に目的が無くったって、かまやあしないんですよ」

何故なら陰陽師は、雇い主に乞《こ》われて動く者だからだ。場を清める。災いを払う。それが陰陽師の仕事であった。

「つまりあの陰陽師が何をしたにせよ、きっと、雇い主がどこか別にいる筈《はず》なんで」

若だんな達が顔を見合わせる。陰陽師が雇われているとなれば、事は重大であった。誰かが若だんなを恨んでいるのだろうか。陰陽師の雇い主を捜し出し、その者の目的を摑《つか》まねば、事は収まらぬのかもしれない。

「今、あの陰陽師を雇っているのは、玉乃屋さんだね。でもあの玉乃屋さんが物騒な黒幕だとは、とても思えないよなあ」

若だんなが考え込む。玉乃屋は大店《おおだな》だから、勿論《もちろん》陰陽師を雇う金くらいはある。しかし玉乃屋は手堅い商売をしている店であった。利にはならぬ罪を犯す訳がない。

（では一体誰が陰陽師を動かしているのか）

考えても何も浮かばず、若だんなは大きく息をつき、ころんと部屋に寝転がった。慌てて仁吉が、綿入れをもう一枚掛けてくる。

その時。

若だんなの傍にいた鳴家達が、ぎゅわっと声を上げ、どこかへ姿を消した。じきに仲間を連れ戻ってくると、鳴家達は我先にと若だんなに報告を始めた。

「若だんな、我が一番に言いまする」

「長崎屋に、お咲さんがきました」

「それで、それで……あれ、なんだっけ？」

「お咲さんは、松之助さんに会いに来たんですよう」

ぎゅいぎゅい、きゃわきゃわとかしましい。

「お咲さんは兄さんに、何の用だと言ったんだい？」

「若だんな、お咲さんは姉のおくらさんを、しばし長崎屋で預かって欲しいんだと」

「……へっ？　うちで？」

この突然の願いを聞いた部屋内の者達は、困惑の表情を浮かべた。しかしお咲は至って真剣であるという。鳴家が訳を言った。

「姉のおくらさんが己《おのれ》の部屋で、何者かに襲われたんですと」

驚く若だんなに、長崎屋の店奥でなされた話が語られる。

「何だか兄さんの今回の縁談、妙な具合だねえ」

話を聞いた若だんなは、不安げだ。その姿を前にして、仁吉が何やら考えこんでいた。

佐助が茶を持って、主人藤兵衛の居間に顔を出すと、随分と蒼《あお》い顔のお咲がそこにいた。お咲は長崎屋の夫婦と横に座った松之助に、頭を下げている。そこに藤兵衛が、もの柔らかく声をかけた。

「あのねえお咲さん、どうして病弱なおくらさんを、玉乃屋さんから出したいのかな」

「あたし一昨日《おととい》姉の部屋で、とんでもないものを見たんです」

また具合を悪くして寝ていた姉のところに、お咲は夕刻、飴湯《あめゆ》を運んでいった。障子を開け姉に声をかけた途端、お咲は悲鳴を上げ、盆から飴湯を落としてしまった。

姉の顔が、のっぺらぼうになっていたのだ！

「のっぺらぼう！」

思わずといった感じで、松之助が声を上げた。佐助が眉間《みけん》に皺《しわ》を寄せる。

「でもすぐに、見間違いだと分かりました。ただ、白いものが姉の顔の上に、ぺたりと張り付いてたんです。ところが駆け寄ったら、それはあっと言う間に消えてしまって」

お咲の悲鳴を聞き、店の者が集まった。だが逃げた白いものの話をしても、皆戸惑うばかりだ。夕方だったから光の加減で、おくらの顔が白く見えたのだろうと親は言った。

「でも、それだけならあんなに姉が苦しむ訳がありません。絶対に気味の悪いものがいたんです」

考えてみると、最近店のあちこちから妙な気配がしている。玉乃屋に何かがいる気がして、お咲は不安になってきた。そう言えば姉の体調は、三日前から急に悪化していた。

「このままでは体の弱い姉の身に、何か悪いことが起きるかもしれないと思いました」

いっそ姉を玉乃屋の別宅にやり、養生させたら良いと思った。しかし親たちは、出入りの陰陽師が大丈夫と占ったからと、お咲の言葉に取り合ってくれない。それどころか病弱なおくらを遠くにやったら、却《かえ》って体に障《さわ》ると言うのだ。

「どうしたらいいのか、分からなくて」

そんなとき、思い出したのが松之助の顔であった。お咲と同じように、体の弱い兄弟がおり、しかも優しい。松之助ならば、お咲の心配を分かってくれると思ったのだ。

「何より松之助さんは、姉さんの縁談相手です。長崎屋に逗留《とうりゅう》するということなら、両の親も賛成するかもしれません」

長崎屋に置いてもらえたら、おくらの世話はお咲がするという。とにかく暫《しばら》く姉を、玉乃屋から離したいのだ。

「うちの一太郎も弱いからね、心配する気持ちは分かる。おくらさんに、しばし逗留して頂くのは容易《やす》いことだ」

だがしかしと、ここで藤兵衛は唸《うな》った。今おくらを長崎屋へ迎えるということは、松之助との縁談が進むということであった。

「松之助、お前は承知かい？」

藤兵衛はお咲に目をやってから、何とも言えぬ顔つきで息子を見る。松之助は一寸《ちよつと》言葉に詰まったように黙っていた。だが、じきに顔をお咲に向け問うた。

「それでお咲さん、おくらさんはこの話、知っておいでなんですか？」

お咲は、この時ばかりは下を向く。

「姉さんは、無理はするなと言うばかりで」

だがお咲は他にどうしたらいいのか、思いつかないのだ。でも姉を失いたくはない。お咲は身を乗り出し、松之助の方へ泣きそうな顔を向けてくる。すると松之助は少し赤くなり、ゆっくりと小さく息を吐き出した。

「もし……もし病弱な若だんなが困っていたら、確かに私は心配になります」

松之助にはお咲の気持ちが分かる。だから、助けてやりたいとも思う。しかし、だ。

「今度の事と縁談は、はっきり別のことと考えて欲しいのですが」

おくらは長崎屋が、あくまで療養の為《ため》、家に招くということだ。お咲も、おくらも、それで承知だろうかと、松之助が問う。お咲が急いで頷《うなず》いた。

「勿論、構いません」

話がまとまったと見て、お咲が笑みを浮かべる。だが横で聞いていた佐助の口元には、苦笑が浮かんでいた。

（おや、そんな口約束なぞ役に立つのかね）

姉妹が長崎屋へ来た途端、松之助の縁談は勢いを付け、益々《ますます》妙にもつれた上で、転がっていきそうであった。

それが分かっているのか、藤兵衛が一寸、天井に目を向けた。おたえは松之助の顔をじっと見ていた。だが二人共、結局何も言わなかった。

話がまとまると、玉乃屋の姉妹は早々に、長崎屋へとやって来た。

復興した通町では目出度《めでた》い話として、松之助の縁談が噂にのぼる。米屋玉乃屋が、病弱な娘を長崎屋に寄越したのは、縁談を考えての事としか思えなかったからだ。

だが長崎屋ではおたえが姉妹の部屋を、母屋《おもや》ではなく離れと決めたので、松之助は少し、ほっとした顔をしていた。もっともこうと決まると、ちらりと天井や屏風《びょうぶ》を見てから、さすがに佐助が文句を言ったが。

「若だんなは今、また寝付いておいでですのに。お二人には静かにしていただきたい。

お見舞いや遊びに来られるのは、今は駄目ですからね」

これがおたえではなく、藤兵衛が決めたことであったら、話はより、ややこしくなったに違いない。藤兵衛は暫くの間、知らぬ間に何かにぱくりと嚙《か》みつかれたり、奇妙な人影に悩まされたかもしれぬのだ。

もっとも具合の悪いおくらは、長崎屋へ来てからも寝てばかりであった。医者も、玉乃屋が馴《な》染《じ》みの名医を寄越している。その上玉乃屋は、驚くばかりの太っ腹であった。

「松之助さんが、若だんなの病のことを、気に掛けておいでだと知りましたので」

おくらに届けるついでだと言って、寝込んでいる若だんなにと、美味《うま》い米を届けてくる。珍かな果物や魚も差し入れられた。玉乃屋は大層、気合い入りで愛想が良かったのだ。

「玉乃屋さんはここで一気に、娘さんの縁談を、本決まりとするつもりだねえ」

長崎屋の台所では女中達が、かしましく噂話をしている。奉公人達は松之助の縁談に興味津々《しんしん》。妖達も隠れつつ、目は皿のよう。皆、話の成り行きを面白がっているのだ。

ところが。

ある日を境に、長崎屋の離れは急にぴりぴりし始めた。何と長崎屋の店表に、くだんの陰陽師《おんようじ》が堂々と顔を出してきたのだ。

「玉乃屋の旦那《だんな》様はお忙しく、そう頻繁には、娘御の様子を見に来られません。それで様子を見てきて欲しいと、頼まれまして」

七太夫《しちだゆう》と名乗った陰陽師は、応対に出た佐助にこう挨拶《あいさつ》をする。七太夫が通された店奥六畳の天井裏では、ざわめきが起きていた。

(七太夫はまだ三十半ばと言ったところかね)

髭《ひげ》をはやした顔に、愛想笑いを浮かべていた。白っぽい平安装束のような姿をしており、それは確かに、古の占いをする者に相応《ふさわ》しい。

だが近くで見れば、大して高そうな生地では無く、おまけに結構古びている。長崎屋のように、奉公人まで継ぎ当てもない身なりをしている店では、それが目立っていた。

七太夫もそれを感じているのだろう、佐助に目を向けると、自嘲《じちょう》気味な笑いを浮かべた。

「玉乃屋さんも奥向きが豊かですが、こちらの店もそうですね。さすがは大店だ」

おくら達の寝泊まりしている離れへ案内される間にも、七太夫は話し続けた。縁側に上がる前に足を洗いつつも、止まらない。

「佐助さん、あなたなど手代《てだい》だと言われたが、そこいらの小店の主《あるじ》よりも、立派な着物を着ておいでだ」

「人の着ているものが、気になりますか」

「そりゃあ……。住んで、着て、食べて。人の一生は、そんなもので作られていくものじゃありませんか？」

離れの端にある部屋へ七太夫が顔を出すと、お咲が一寸、強《こわ》ばった顔つきをした。だが寝ていたおくらは身を起こすと、父親からの干菓子を受け取り、好物だと言い顔をほころばせている。

廊下から部屋を見回した七太夫は、急に目をすっと天井に向け、小さな笑いをその口元に浮かべた。

「お嬢さん方がお元気そうで、何よりです。今日はこれで失礼します」

七太夫は帰るとき、佐助に向かい、今度は建てたばかりの離れをたんと褒めていった。銘木の香、漆の細工、贅沢《ぜいたく》な作りで羨《うらや》ましいそうだ。

「町中の長屋で生まれたものは、こんな見事な屋敷に住むことは出来ませぬ。一生出来ませぬ」

どうあがいても無理だとぼそりと言ってから、七太夫は帰っていく。それを聞いた佐助は、大事な長崎屋を褒められたというのに、何故《なぜ》だか口元をひん曲げていた。

5

それから七太夫は、時々長崎屋の離れに現れるようになった。それを見つけた鳴家《やなり》が、寝ている若だんなに報告に来る。するとその話を聞くたびに、他の鳴家達が騒ぎだす。

じきに長崎屋の母屋の鳴家まで文句を言いつつ、若だんなの所に集まるようになった。興奮して若だんなの顔や頭をぺちぺちと叩《たた》くものだから、兄《にい》やに叱《しか》られたりしている。

「我らが怒られたのは、七太夫が悪いのでございます」

鳴家の主張であった。

「七太夫が悪い奴《やつ》なので、その悪運がこっちにも来たのでありまする」

「あ奴は玉乃屋で我らを追いかけ、楽しんでおりました」

「小粒な妖《あやかし》なんぞ己《おのれ》の敵ではないと、そう偉そうに言っておりました」

「あいつは威張っております。髭だらけです。顔が不細工です。おまけに鳴家を脅かしました」

「思い切り悪い奴に、間違いありませんっ」

三日の間、鳴家達は若だんなの膝《ひざ》の上に来ては、撫《な》でられながら、ぎゅいぎゅい、きゅわきゅわ怒っていた。金次が、この騒ぎを耳にし苦笑を浮かべる。

「若だんな、鳴家達が落ち着かないねえ。こんなに騒ぐのは、式神《しきがみ》が恐《こわ》いからかね」

「あの式神は鼠《ねずみ》の格好をしてました。家の天井にも入ってこられるから、厄介ですね」

そこで若だんなは上野の寺へ使いを出し、文を届けた。妖退治で名を馳《は》せている広《こう》徳寺《とくじ》に寄進をし、式神除《よ》けのお札を貰《もら》ったのだ。

「今回の式神は、術を掛けられた紙から出来ているせいか、水に弱いみたいだから」

若だんなは式神除けのお札を水に浸し、その水を小さな小さな瓢箪《ひょうたん》に入れた。そしてそれを鳴家達の腰から下げさせたのだ。

「式神が襲ってきたら、中の水をかけてみなさい。きっと役に立つよ」

鳴家達は嬉《うれ》しそうに瓢箪を撫でる。

「その後鳴家達は、落ち着いたかい？」

また昼餉《ひるげ》を食べに寄った金次が、鳴家をつまみあげた。

「それにしても七太夫という陰陽師は、本当に何やら力があるんだねえ。人には見えぬ筈《はず》の鳴家達まで、見ることが出来るんだから」

「だが小鬼相手に威張るようでは、陰陽師として、大した者ではないですよ」

ここで仁吉が箱膳《はこぜん》を並べながら言う。昼餉は蕎麦《そば》であった。だが仁吉の言葉を聞き、貧乏神金次は貧相な体を震わせ笑い出す。

「まあ、大したことのない陰陽師というのもいいんじゃないかい。わっちだって貧乏神としては、思い切り大した事がないのかもしれぬからねえ。何か親しみが湧《わ》くねえ」

せっせと人に貧乏を運ぶこともせず、こうして暖かい部屋で、碁を打ち蕎麦を待っている。己はまことにもってけしからん貧乏神だと言って、金次はちらりと若だんなを見る。その目が、今までとは違い何となく恐い。

(金次は囲碁勝負に勝ったからねえ。本当に、誰ぞに貧なる運をもたらす気かしら)

誰に何が起こるか、分からぬ話であった。だが勝負に負けた以上、どうしたら良いのか分からない。いや元々あの時、貧乏神たる金次は、碁に負ける気はなかったと思う。

（兄や達はこの話を聞いても、きっと大して気にもしないよね。誰ぞに取り付いて貧乏にするのは、貧乏神のお役目だと言って）

ただ、これ以上物騒なことが重なったら、兄や達は若だんなを、江戸から遥《はる》か離れた所に避難させかねない。行き先が祖母のいる神の庭だったら、戻って来られるかどうか確証がない。頭の痛いことであった。

「貧乏神、神様がそんな情けないことを言わないで下さいよ」

仁吉は暢気《のんき》にも呆《あき》れた声を出しつつ、部屋にたっぷりと蕎麦を運び込んできた。若だんなの昼餉であり、金次の好物であり、鳴家達の待ちに待ったご飯であった。

「きゅいきゅいきゅいーっ」

小鬼用の温かい蕎麦が大きな浅い器で出されると、鳴家達は皆で首を突っ込んで食べ始める。若だんなも蕎麦を口にしつつ、仁吉の方を向いた。

「ところで離れに来た玉乃屋のお嬢さん達、その後、変わりはない？」

その問いに、仁吉が頷いた。

「例の怪しげな陰陽師七太夫が、間を置かず離れに来てますが……今のところは無事です。式神の姿も無いですしね」

佐助からも、式神を見たという話は聞いていない。

ところが、この話を耳にして、蕎麦に夢中になっていた鳴家が何匹か顔を上げた。自慢げな顔つきをすると、腰布に手をやる。挟んであったのは、小さな白い紙切れであった。

若だんなが首を傾《かし》げる。

「それは何なのかな、鳴家や」

「若だんな、これ、例の恐い紙。我らの顔を塞《ふさ》いだ、いけない紙ですよう！」

「えっ……それはもしかして式神なの？」

「それ、どこで捕まえたんだい？　長崎屋の内か？」

若だんなと仁吉が、慌《あわ》てて紙をあらためるが、小さすぎて何だか分からない。その時横から金次が、割り箸《ばし》のような細い手を出し、紙切れを摑《つか》む。にっと笑った。

「おやぁ、本当に式神のなれの果てだ」

蕎麦をすすりつつ、保証する。

「ねえ鳴家や。最近長崎屋で式神に出会ってたんだね？　皆でやっつけたのかい？」

若だんながそうと聞くと、鳴家達は自慢げに瓢簞を持ち上げた。式神除けの水は、見事に役に立ったらしい。

「鳴家、式神を捕まえたなら、何で直《す》ぐにそうと言わなかったんだい？」

仁吉が眉《まゆ》を顰《しか》めて聞いている。鳴家の返答は、簡単なものであった。

「忘れてましたよう。誰も式神のこと、聞かないんだもの」

蕎麦のつゆを飲んでいた金次が、笑ってむせかえる。若だんなは眉尻《じり》を下げて苦笑を浮かべると、ご苦労様と鳴家の頭を撫でた。

「さて、式神がまた長崎屋へ入り込んで来ていた。目的は何かしら。仁吉、守りを固めた方が良いんじゃないかな」

「分かってます。長崎屋で式神をのさばらせはしませんよ。放っておいて、万一若だんなの身に何かあったら大変ですからね」

仁吉はそう言うと、深く頷《うなず》いた。


その夜、若だんなは熱を出し寝込んでしまった。

元々大人しくしていろと寝床に放り込まれていた故《ゆえ》、毎日の暮らしが変わった訳ではない。それでも総身《そうみ》が痛くなって、苦い薬の量が増え、目の前が朦朧《もうろう》として周りのことが分からなくなる。布団に潜り込んで来る鳴家達が、暖かく嬉しかった。

(く……苦しいねえ)

しかしまだ、冥土《めいど》の光景は目にしていない。花畑も見ていないから、声すら出ない割には焦《あせ》る心持ちにならなかった。

(多分……今回は死なないんだろうな)

熱があるのに、貧乏神のことが気に掛かる。陰陽師や式神が、すぐ側《そば》にいる気がしていた。その内、心底ほっとした兄やの顔が見えてきた。薬湯を抱えた仁吉が言うには、若だんなが目を覚まさぬ内に、二親や松之助が何度も見舞いに来たという。

大人しく薬を飲み、鳴家と分けながら飴湯《あめゆ》を飲む頃には、仁吉が噂話《うわさばなし》などしてくれるようになった。

「玉乃屋のおくらさんとお咲さんのことですがね。若だんな、何だか妙なことになってきたようです」

「式神が長崎屋を襲ってきたの？」

若だんなが思わず仁吉の顔を見る。すると、どうしたことか、兄やは笑っていた。

「いや、この話に式神は関係ないんですよ。長崎屋に式神は、何度か現れたようですがね。鳴家達がせっせと捕まえて、雪みたいに細かく破いてますから、心配はありません」

今のところおくらも無事だ。しかし、と仁吉は話を続ける。

「他に拙《まず》い事でも？」

訝《いぶか》しげな顔の若だんなの前で、仁吉は口の端をくいと上げた。

「実は、おくらさんというお人は、妹のお咲さんと、それは似ておいでだったんですよ」

「へ？」

おくらとお咲は姉妹だ。確か一つ違いだと聞いていた。歳《とし》が近い姉妹であれば、身の丈や印象までも似ているかもしれない。

「不思議ではないけど。それがどうかしたの？」

若だんなが夜着《よぎ》から頭を少し出して問う。仁吉がまた笑みを浮かべ、最近妖達が、ある噂をし始めたというのだ。

「あの姉妹には、顔形の他にも似ている所がある。それは、殿方の好みだと」

「えっ？」

「猫又《ねこまた》のおしろなど、断言していましたよ。おくらさんの思いも、既に松之助さんに向いているに違いないと」

「なんと……」

若だんなは布《ふ》団《とん》の上で目を見開いた。

妹のお咲が松之助に好意を寄せているのは、若だんなでも分かる。そうでなければ、出会って間もない松之助を頼って、長崎屋へ来る訳がないからだ。

そして長崎屋へ来たことによって、おくらもまた、松之助と会ってしまった。勿論《もちろん》話くらいしたことはあるだろう。松之助は、おくら達を守っている立場にある。おくらは感謝しているだろう。

「それ以上の気持ちになっても、不思議じゃない、か」

それでなくとも今回の松之助の縁談は、最初に人を取り違えたせいで、ややこしいことになっている。この上、姉妹二人の思いが奇妙に絡《から》んできたら、どうなるのだろうか。

「ありゃあ……。この縁談、碁の勝負よりも先が見えないよ」

それを聞いて面白がっているのは、お気楽な妖ばかり。若だんなはいささか不安な気持ちと共に、兄松之助の事を思った。

剣呑《けんのん》な陰陽師《おんようじ》と兄の縁談と貧乏神。何がよりやっかいか、若だんなには分からなくなってきていた。

6

二日ほどすると、長崎屋へ潜り込んでくる式神の鼠が、急に少なくなった。猫又であるおしろと鳴家達は、直ぐにその事に気がつき、佐助達に報告する。要するに手持ちぶさたになり、つまらなくなったのだ。

しかし、忙しくて店表に顔を出すようになっていた佐助と仁吉は、この知らせに満足げな笑いを浮かべた。

「七太夫は式神が数多《あまた》帰って来ぬことに、気が付いたんだと思いますね。じきに本人が訳を探るため、長崎屋へ乗り込んでくるよ。今度は多分、こっそりと夜にね」

七太夫が長崎屋で何ぞする気なら、その折やるだろうと、佐助達は読んでいた。

「だがこちらとて、既に諸事準備万端。七太夫を迎え撃ってやるわ！」

よって今、二人の兄《にい》やは忙しく、一番に大切な若だんなの守《も》りは、専《もっぱ》ら金次が担当していた。貧乏神に看病されるという不可思議な体験をしている若だんなは、いつになく文句も言わずに、薬湯を飲んでいるという。

若だんなの膝の上から来た鳴家が、妖らに語った所によると、それでも若だんなは一度だけ、薬湯を飲みたくないとごねたという。

「するとね、薬湯の味がね、二度と口にしたくない代物《しろもの》に変わったんだそうですよう」

それ以来、若だんなは普段の薬の味が、好きになったらしいのだ。

『貧乏神でも神様は神様だねえ。人には考えも付かぬことがお出来になる』と、若だんなは目に涙を溜《た》めて言ってました」

もっとも報告してきた鳴家《やなり》は、その薬湯がどんな味なのか知らなかった。興味津々《しんしん》で、薬湯をぺろりとひと嘗《な》めした仲間の鳴家がいたのだが、ひっくり返ったまま、まだ起きあがっていない。だから分からぬのだ。

「あら……ま、まあ、若だんながお薬を飲んでいるのは、良いことだ」

長崎屋の離れでは、集まっていた数多の妖《あやかし》達が、重々しく頷いている。

「とにかく我らは七太夫を捕まえて引っぱたいて、若だんなの敵をとらねば！」

「今回の集まりは、そういう話だったのか？」

河童《かっぱ》が聞くと、鈴彦姫《すずひこひめ》が首を傾げた。

「違うんですか？」

皆意気盛んである。数多の付喪神《つくもがみ》、化け狐《ぎつね》、河童、鬼、野寺坊《のでらぼう》に獺《かわうそ》など、長崎屋の離れからはみ出さんばかりに揃《そろ》った妖を、仁吉が配してゆく。まず鳴家達が、式神《しきがみ》を受け持った。七太夫が数多連れて来るであろう式神に、立ち向かう役目だ。

「ぎゅんいーっ」

鳴家達は、一番に格好良いのは我だと言って雄叫《おたけ》びを上げた。屋根にはふらり火、表の通りには野寺坊と、その姿が消えてゆく。長崎屋の床下も天井も、妖で一杯となった。仁吉と佐助が、若だんなの寝所で控える。
後はひたすら、七太夫を待つだけであった。

夜が深くなると共に、奇妙な緊張感が長崎屋を包んでいった。
(来い、来い、来い、七太夫)
一見誰もいない夜の庭に、多くの目が注がれている。
そうして、しばし。
(来る)
鼠《ねずみ》が塀を登る微《かす》かな音がする。その後を人が歩む気配もした。
(来る、来ている)
(来た……)
七太夫が、いよいよ長崎屋へ入り込んできたのだ。
ところが。
ここで、大きな誤算があったと分かった。妖達の戸惑いが声なき声となって、夜を渡ってゆく。七太夫の行き先は、若だんなの寝間《ねま》では無かった。同じ離れでも、ちょいと離れた玉乃屋姉妹の寝所に向かったのだ。

「どうして、何で、そっちに行くのさっ」

「我らはこっちだよ。方向が分からぬのか」

「若だんなを一番に扱わないなんて、やっぱり悪い奴《やつ》でござりまする」

妖達が騒ぎ出す。狙《ねら》われたのが若だんなでないことに、妖達はおろおろしていた。

今まで襲われたのは鳴家であり、通町の人達であり若だんなであり、そして、そして……。

「本命は玉乃屋の娘だったというのかい？　己《おのれ》を占い師として雇ってくれた店の娘を、七太夫が何故《なぜ》狙う？」

佐助がぐっと顔をしかめ、鳴家に娘達の様子を見に行かせた。七太夫はおくらを狙って、玉乃屋へ入り、今また長崎屋へ来たのであろうか。

「確かめねば」

だが妖達が七太夫の所へ向かおうとすると、今日も式神が邪魔をした。鳴家が叫ぶ。

「あれが、若だんなに悪さをした奴だ」

すると。闇《やみ》の中から妖達が湧《わ》き出し、鼠の形を取っていた式神を捕まえにかかる。

だが式神の方も、大人しくはしていなかった。

噛《か》みつき、引っ掻《か》き、逃げる。噛まれた鳴家が一匹悲鳴を上げたところを、鈴彦姫が救い出す。鼠に護符の水をかけた鳴家がいたのだが、外れて大禿《おおかむろ》に掛かり叱《しか》られる。

「きょんぎーっ」

「こらっ、新しい障子を破いたのは誰だい？」

「違うわよ、そいつは本物の鼠だってば。おや、こっちの鼠は……あれ、紙に化けたわ」

猫又のおしろや琴古主《ことふるぬし》が戸惑う。泣き声がする。明かりもない離れの中で、闇でも困らぬ妖達が摑《つか》み合う。

そんな中、一匹の鳴家が、ぽてぽてとのんびり歩いて来た。闇の先に佐助達を見つけると、嬉《うれ》しそうに寄っていく。

「佐助さん、言いつけ通り、玉乃屋の娘達の様子を確認してきました。でも一人しかいません。お咲さんは今、玉乃屋へ帰っているようで」

「では今、おくらさんは部屋に、一人でいるんだね？」

鳴家は違うと首を横に振った。

「娘は一人です」

「じゃあ何で、違うと言うんだい？」

仁吉に聞かれ、鳴家が嬉しそうに答える。

「娘は一人ですが、他に男がいます。あれはいつか見た、あの七太夫ですよう」

「……もう姉妹の部屋にいるのか」

仁吉が厳しい顔つきになると、佐助と共にさっさと離れの廊下を歩き出す。その後ろから、鳴家の小さな声がしていた。

「でも、娘は一人でしたよ」

溜息《ためいき》と共に歩く佐助に、仁吉が声をかける。

「変だね。七太夫がおくらさんを襲う気なら、あの娘、玉乃屋にいる内に殺されていたと思うんだが」

若だんなと違い、妖に守られてもおらぬ病人であった。妹では守りきれなかった筈《はず》だ。以前お咲が一度、姉の顔を覆《おお》う式神に気が付いたのは、偶然に違いないのだ。

「あの七太夫は、もう一月も玉乃屋に出入りしているってぇ話だったよな」

確かに殺す気なら、機会は何度もあったであろう。奇妙な話であった。

「とにかくあの陰陽師に、長崎屋の離れで好き勝手をさせる気はないよ。建てたばかりの離れで人殺しなぞ起こったら、後まで若だんなが気にするじゃないか」

広くもない離れだから、直《す》ぐに姉妹が使う部屋の前に着く。有明行灯《ありあけあんどん》の仄《ほの》かな明かりが、障子の向こうで夜を分けている。佐助が障子を一気に開け放った。途端、「んっ？」と、仁吉が短い声を出した。七太夫が振り向く。部屋が緊張に包まれた。

七太夫はこの夜も、白い紙の式神を手に持っていた。若だんなの時のように、その顔を覆い息を止めようとしていたのだ。側でおくらが布団から身を起こしていた。

ただ、何かが妙であった。

おくらは静かにしているが……静か過ぎるのだ。ただじっと、七太夫を見ている。以前にも顔を、式神で覆われたことがあるから、何が起こるか分からない訳ではあるまい。なのに逃げようとすらしていない。声も上げない。

(何故だ？)

恐怖で助けすら呼べぬのであろうか。佐助と仁吉が顔を見合わせる。そこに、わずかに隙《すき》が出来た。

それを見た七太夫は素早く動きを変えた。直ぐにおくらを襲うのを止《や》め、逃げにかかったのだ。咄嗟《とっさ》に手の内の式神を佐助達へ投げつけてきた。「わっ」二人が鼠を避けた隙に、飛ぶように廊下から走り出て行く。その時おくらが、布団の上に倒れ込んだ。仁吉がその無事を確かめている内に、佐助が廊下に出て、先にある闇へと叫ぶ。

「七太夫が逃げたっ」

佐助も直ぐに、闇の中へ走り込んで行く。しかしおくらは気を失ったままで、さすがに仁吉は、そんな娘を一人放ったまま、後を追うわけにもいかない。七太夫が戻ってきたら、やっかいであった。

一寸《ちょっと》しかめ面《つら》を浮かべた後、仁吉は部屋の隅の暗がりに、ひょいと手を突っ込んだ。鳴家を一匹摑み出すと、しばしこの部屋で、おくらを見ているように言いつける。

「このお人を、見ているのですか？」

鳴家が首を傾《かし》げ眉《まゆ》を顰《ひそ》めた時には、仁吉はもういなかった。仕方なく鳴家は、じっと見ていたが、おくらは妖に化けるでなく、饅頭《まんじゅう》になってくれもしない。ただ寝ているだけで、見ていても大層つまらなかった。

「でも、大事なお仕事でありまする」

鳴家はじっと、おくらを見続けていた。

七太夫が逃げた夜の先には、妖達が待っていた。

闇から湧き出る。夜空から落ちてくる。数多の妖に飛び掛かられ、のし掛かられ、七太夫はじきに進めなくなった。その口から罵《のの》り声が飛び出してくる。

「ちくしょう。式神、何故呼んでも来ない」

だがこの時、頼りの式神達は既に大半が元の紙に戻っていた。残りも数多の鳴家と摑みあっていて、七太夫の元に来られるものではない。

新たな式神を使役する為《ため》の術を施す間もないまま、七太夫は這《は》いずって離れの廊下を逃げてゆく。しかし直ぐにまた、湧き出てきた妖に前を塞《ふさ》がれる。

「ちっ」

七太夫はそのとき、右手にあった部屋に飛び込んだ。そこしか、行ける先が無かったのだ。すると中には布団《ふとん》が敷かれていた。既に夜も深く、寝ていた人物がいる。

「おや、ここ……若だんなの寝間であったか」

七太夫は咄嗟に、重なった若だんなの布団に、手を突っ込んだ。着物を摑むと、寝ぼけている身を夜着《よぎ》の下から引きずり出す。

そこへ小走りの足音が近づいて来る。七太夫は振り向くと、姿を現した仁吉と佐助に、鋭い声を放った。

「近づくんじゃない。若だんなの息を止めるぞ。本当にやるからな！」

それから夜のあちこちへ目を向ける。逃げる先を探すその仕草を、仁吉と佐助が睨《にら》み付けていた。

7

夜を埋めるように、妖が長崎屋の離れに集まってきていた。

若だんなの寝間の真ん中へ、数多《あまた》の視線が注がれている。それは鋭く剣呑《けんのん》で、人質を取っている七太夫の方が、冷や汗をかいている。だがじきに、部屋にいるのが耐えられなくなったかのように、七太夫は人質を盾にして、ゆっくりと前へ歩んだ。

「どけ」

短く言うと、強引に部屋から出てゆこうとする。だが仁吉達は道をあけなかった。

「やはりお前は若だんなに害を為《な》す者であったか。ならばもう遠慮はしない。しない」

おくらを狙っていようと、他にも狙いがあろうと、若だんなに手を出した時点で、七太夫は長崎屋にいる妖の敵であった。

「うるさいわ。そんなに若だんなが大事なら、直ぐにどけ！」

人質を羽交《はが》い締めにしたまま、強引に先へ踏み出す。

その途端、であった。

　七太夫の口から、あっと短い声が漏《も》れて消える。しっかり抱えていた筈の若だんなが、ふにゃりと柔らかいものに変わったのだ。

　それは七太夫の両の腕をすり抜けると、流れるように畳に落ちる。その後布団の足下に向かい、立てかけてあった屛風《びょうぶ》に吸い込まれた。見る間に男の絵が屛風の面に現れ、にたりと笑う。その姿は派手な石畳紋の着物を着た若い男であった。

「わ、若だんなが妖に化けたっ」

　立ちつくす七太夫に向かって、仁吉が不機嫌そうな顔を向ける。

「若だんなはもっと若くて、いい男だよ」

　勿論《もちろん》、妖ではない。

「若だんなは、長崎屋にはいないのさ。物騒な七太夫と式神が、うろついてんだよ。若だんなを、離れに置いておく訳がなかろう」

　式神が見つかった後、若だんなは仁吉と共にすぐに根岸へ行き、安全な別宅でゆっくり養生していた。仁吉が共におられぬ今晩は、貧乏神の金次が一緒にいてくれる。

「ここに若だんながいると思いこんだのも、無理はない。こっちはわざと、若だんなが離れで寝ているように、装《よそお》ってたからね」

　それは若だんなを守る為《ため》であり、七太夫を捕まえる為、佐助が仕掛けた罠《わな》でもあった。

「若だんなの代りに寝かせておいた屛風のぞきが、妙なことを言わないように、気を遣ったわ」

佐助が小さく笑う。

「さて人質は消えた。そろそろ大人しくしてもらおうか。長崎屋にまで式神《しきがみ》を寄越した訳など、しっかりと説明してもらうからな」

佐助がそう言った途端、七太夫の顔つきが険しくなる。そしてまさに破れかぶれで、佐助達に飛びつこうと身をかがめたのだ。

だがその時、突然部屋に硬い音が響いた。七太夫が棒のように身を強《こわ》ばらせ、その場にひっくり返ってゆく。佐助が目を見張った。

「おやおや……」

七太夫は頭に瘤《こぶ》を作って畳にのびていた。その後ろで、長火鉢に刺してあった火箸《ひばし》を手にしていたのは、屛風のぞきであった。にっと笑い、嬉しそうに伸びをしている。

「ああ片が付いた。これで若だんなのふりをして、布団に潜り込んでなくてもいい。寝てばかりというのも、案外大変だよ」

これからはもう少し、若だんなに優しくしよう、などと言って、屛風のぞきは首を回している。それから部屋に集まった数多の妖《あやかし》達に目をやると、いかにも嬉しげに言った。

「やっぱり最後に活躍するのは、あたしなんだねえ。小鬼なんかじゃ、大して役には立たないからねえ」

たとえ直後に鳴家《やなり》達に嚙みつかれても、この時の屛風のぞきは、それはそれは満足そうであった。

鳴家が翌朝には根岸の寮へ行き子細を話したので、若だんなはその日の日暮れ時には舟で、長崎屋へ帰ってきた。お咲も、おくらの具合が悪くなったと聞き、早々に玉乃屋から戻ってきていた。

若だんなは離れに戻るとまず、己《おのれ》を仲間はずれにしたまま、今回の件を勝手に解決したと、妖達にふくれ面を見せた。そして皆に宣言したのだ。

「根岸で寝ている間に、今回の一件について、色々考えていたんだよ。金次と碁を打つ以外、それしかすることが無かったからねえ」

その考えを、今からちょいと皆に話すという。おくらたち玉乃屋の姉妹にも言いたい事があるゆえ、事をたっぷり楽しんだ妖達は、陰から話を聞いておくれと言った。

「若だんな、我らは必死で、陰陽師《おんようじ》と対決していたんだよ」

横から屏風のぞきが、不満げに口を挟んだ。しかし一人蚊帳《かや》の外に置かれた若だんなは、そっぽを向き返事をしない。妖達が折れ、かくて長崎屋の離れに皆が集められ、若だんなの考えを拝聴することとなった。

「とくに、おくらさん達とは一度、話をしなきゃいけないと思ってました」

部屋は居間と寝間《ねま》が開け放たれ、人が集まっても狭苦しさは無い。玉乃屋姉妹、若だんなの他には兄《にい》や達、金次、首根っこを佐助に押さえられた七太夫が並んだ。

兄や達に責められた七太夫は昨夜、全《すべ》てをおくらに頼まれたと白状していた。若だんながそれについて確かめてくれるのは、妖達も歓迎であった。天井や隅の暗がりには数多の妖が潜んで、成り行きを見つめている。屏風のぞきのいる屏風も、今日は皆のすぐ後ろに立てかけてあった。

若だんなは、初めて玉乃屋の姉妹に挨拶《あいさつ》をする。そしてあっさりと言った。

「今回おくらさんが、妙なものに襲われたのは、この七太夫の仕業《しわざ》です」

そうと聞いたお咲が目を丸くし、押さえ込まれている七太夫へ目をやった。

「まあ、どうして……。では、姉はもう大丈夫なんですね？」

だが若だんなは、一つ首を振る。周りから変な気配が無くなっても、おくらの具合は、なかなか良くはならぬだろうと言い出した。

「何故《なぜ》ならおくらさんは……玉乃屋さんが持ち出す縁談に、疲れているのだから」

その一言を聞き、姉妹が揃《そろ》って若だんなの顔を見つめた。

「玉乃屋さんは昨今、おくらさんに何とか人並みの幸せをと願う余り、幾つもの縁談を勧めてきたんじゃないですか？」

だが家付きとはいえ姉娘は酷《ひど》く病弱で、なかなか縁談がまとまらない。だから親はその妹を嫁に出す気になれず、こちらも縁遠くなっている。姉も妹も、くたびれているのかも知れない。

「このまま己が長生きをしたら、妹が長く一人でいることになる。おくらさんはそのことを、気に病んでおられたんだと思う」

独り身で何年も待たされたら、お咲の姉を思う気持ちが、しまいに憎しみに変わるのではと、おくらは懸念《けねん》していたのかもしれない。

だが、それは妹の心をかき乱すだけだと、口に出来なかった思いだ。言ったら妹も、親も、きっと気にする言葉だ。

だから。

「おくらさんが七太夫に襲われたのは、おくらさん自身が、頼んだからだ」

おくらが下を向いた。

苦しまずに亡《な》き祖母の側《そば》へ行けるのなら、それが一番良いことかもしれない。おくらは玉乃屋に占い師として来た七太夫が、式神をうまく使いこなせることを、たまたま知り、そんなことを言い出したのだと、七太夫が白状していた。

どう思い、誰を思い、何を行うか。

真剣であるほど心は乱れ、人はとんでもない行いに走ったりするのやもしれなかった。これを聞いたお咲が、呆然《ぼうぜん》とした顔となり、姉を見つめている。言葉が出ない様子であった。だが直《じき》に、目にもり上ってきたものがある。怒っているのか、泣きわめきたいのか、それとも……それとも。何をして、どう言っていいのか、分からない顔をしている。しばしそのままでいた後……お咲は、若だんなを見た。

「……あの、若だんな」

お咲が問う。もし己の立場であったら、若だんなはこの後何をされるか、と。

「お咲さんの立場だったら、縁談のことを、誰か、一番話を聞いて欲しい人に相談しますね」

「松之助さんは、嫌なことは嫌だと、はっきり言ってみたらとおっしゃいました」

驚くほど早い返答があった。お咲はもう兄に相談していたらしい。松之助は姉妹に、とりあえず親が数多の縁談を持ち込むのを、止《や》めてもらえと言ったのだ。

「今までにも、何度か、止《よ》して欲しいと言ったことは、あったのですが」

下を向いたまま言うおくらに向かい、この時若だんなが不意に、己は薬湯が嫌いなのだと言い出した。物心ついてより飲まされつづけて、いい加減うんざりとしているのだ。飲むのは嫌だと兄や達に言っても、体に良いからと強引に飲ませようとしてくる。

「でもね、胃の腑《ふ》の調子が酷く悪くて、飲みたくても飲み込めない時は、不思議と兄や達は、無理を言いません」

お咲が首を捻った。

「その話、父に当てはまりましょうか」

若だんなが小さく笑う。

「お二人の事、玉乃屋さんはとても大事に思っておいでです。私はそう思うんですが」

そうでなければ、破談になるやも知れぬのに、大店《おおだな》相手に、ややこしい話を持ち出す筈《はず》もなかった。長崎屋はどこの店とて縁をもちたいと思う、裕福な大店であった。

お咲とおくらは、そっと目を見あわせている。二人はじき、若だんなや兄や達に頭を下げた。

「とにかく玉乃屋へ帰り、親たちと話すことにします」

おくらは七太夫にもそっと頭を下げると、妙な頼み事をして悪かったと謝る。そして、玉乃屋の二人は互いの手を握ると、離れの居間から、静かに姿を消していった。若だんなが部屋で、静かに一つ息をついた。

(あれ?) そのときふと、若だんなが首を傾《かし》げる。遠ざかるおくらの着物に、何故だか鳴家が一匹しがみついていて、おくらをじっと見続けているのだ。

「あの鳴家、どうしたのかしら」

驚く若だんなに、拾ってきてやると言い、金次が笑いつつ気軽に立ち上がった。足音が廊下を遠ざかると、若だんながくるりと、佐助に押さえつけられている七太夫の方へ向く。するとそこには、いささかふてぶてしい笑みがあった。

「いや、おくらさんが、とにかく親と話そうと思い至ったのは、結構なことだ。やはり、お世話になっている玉乃屋のお嬢さんに手を下すのは、気が進まなんだからな」

だから、なかなか手が下せなかった。こうとなったらもう、式神をおくらの元へやったりはしないと七太夫は言う。おくらが今までに二度、式神に襲われたのは、本人の意向であるから仕方がない。

「だから我を押さえつけるのを、止めてくれまいか。同じ事はせぬから」

だが佐助はその手を、離したりはしなかった。

「都合の良いことを、ぬかすでないわ！　お前、若だんなにも式神をけしかけただろうに」

そうと言われて、七太夫は口をへの字にし、佐助を睨《にら》む。

「あれは……お前達妖が悪いのだ。玉乃屋にいた式神が、たまたま一匹玉乃屋の主人にくっついて、長崎屋へ来てしまったのだ」

おかげで若だんなが騒ぎに巻き込まれたが、それは偶然の出来事だ。それを怒った妖達が式神にちょっかいを出した故《ゆえ》、喧嘩《けんか》沙汰《ざた》になったのだ。

「だがもう、若だんなにも手は出さないよ。だから早々に、この佐助さんの手を引かせてくれ」

若だんなは、身を乗り出し七太夫の顔を覗《のぞ》き込む。そしてゆっくりと首を振った。

「今の言葉は、嘘《うそ》だと思います」

「は？　何がだ？」

嘘も何も、この有様ではまた若だんなを襲うなど出来はしない。そう繰り返す七太夫に、若だんなが近寄ってその目を見た。周りから、妖達の視線も集まってくる。いつの間にやら七太夫と若だんなの間に、緊張が生まれていた。

「だってあなたは火事の後の通町で、町の衆をも式神に襲わせていました。いえ、亡くなった方はいなかったから、きっと……式神を試していたんでしょうね」

「試す？」

妖達の視線が、捕まえられ紙に戻った式神の、なれの果てに向いた。

「式神の話を聞いたのは、火事の後です。ということは、元々その力があったとしても、七太夫が式神を操れるようになったのは最近のことです」

式神を得て力を持った陰陽師は、活動範囲を広げた。玉乃屋に出入りし、おくらからの依頼にも応《こた》えると言ってしまった。しかし、まだ式神を使うようになってから日は浅い。

「ははあ……それでいかほど使えるものかと、人を襲わせてみたと」

仁吉がすっと顔を強ばらせた。若だんなが離れで襲われたのも、玉乃屋の主人にくっついていた式神に、人へ襲いかかる命が出ていたせいやもしれぬ。

「この陰陽師、式神を使えるとなったらすぐ、人を襲い始めたのか。たかが式神一つ操れたからと、人を見下し命を軽んじたのか」

その言葉を聞いた途端、七太夫が己を押さえ込んでいる佐助の手を払った。勿論《もちろん》その怪力から逃れられる訳もない。だが臆《おく》しもせず、眼光鋭く佐助を睨み付けている。

「たかが、だと？　たかが式神だと？　軽く言ってくれるではないか！」

七太夫は怒っていた。己を這《は》いつくばらせているものを、焼き払いかねぬ程、その眼から火が噴き出て、喚《わめ》き出すかと思う程、総身《そうみ》を震わせていた。

「古《いにしえ》の昔、千年も前の頃は、陰陽師も位高く政《まつりごと》にも参加していたという。式神など意のままに扱い、畏怖《いふ》の対象ですらあったのだ」

だが時が経《た》ち、武家が政を行うようになると共に、陰陽師の役目も変わっていった。朝廷や公家《くげ》の為《ため》に、細々と清めや占いをしはするが、その力はもはや政を動かしたりはしないのだ。

それどころか陰陽師の長、土御門《つちみかど》家は、下々と共にあった万歳師や神職を配下に置くことに汲々《きゆうきゆう》とし、陰陽師は変質してきていた。

「若だんなが式神の噂《うわさ》を聞いたことがないのも、当たり前だ。最近の陰陽師は名前だけ。占いはしても、式神一つ扱うことが出来ぬ」

威張るだけで、本来の力を失ってきている者達を、どうして敬うことが出来ようか。

七太夫は式神を扱えるのだ。力も無い陰陽師に、軽く扱われる覚えはない。

「我は並の陰陽師とは違う。ただの紙を命あるがごとく、動かすことが出来るのだ」

なのに。それなのに！

「京の陰陽師《おんようじ》は、いやその手下の江戸役所の者は、我に最下層の身分を押しつけてくる。あいつらは何者だ？　どうして、どこが偉いのだ！」

身分高き陰陽師であっても、式神《しきがみ》を使えたのは先祖であって、今、威張っている者達では無い。七太夫の声には怒りと……何故だか子供が半泣きで拗《す》ねているような、情けないような響きが交じっていた。

するとその時、廊下から笑うような声が近づいてきた。鳴家《やなり》をつまんだ金次が、小さく笑いながら、行灯《あんどん》の明かりの内に顔を出す。

「成る程、ぬしは式神を使い、己《おのれ》の偉大さを示したかったのだな」

その為に人を襲った。おくらを葬《ほうむ》ることを約束した。

「そうしてぬしを見下していた誰ぞから、褒められ尊敬されたかったのか」

やれ下らぬと言うと、金次は若だんなにひょいと鳴家を返しながら、にたっと笑う。

「人は欲まみれ。我が親しくなりたい御仁《ごじん》は、沢山いそうだ」

人の世には、不満が満ちていて気持ちをすさませてゆく。さて賭《かけ》に勝ったことだし貧乏神も、その思いを吸ってそろそろ人に祟《たた》ろうかと言い、金次の骸骨《がいこつ》顔が若だんなの眼前に迫ってくる。

「若だんな、若だんなは貧乏神と、どんな賭をなすったんですか？」

佐助が思わず身を乗り出す。

その時、七太夫が横を向いた佐助の手の下から逃れ出た。逃げてゆくその後ろ姿を、妖《あやかし》達が追おうとする。

その時。「待て！」それを咄嗟《とっさ》に仁吉が止めたのだ。賭のことを知る仁吉は七太夫の後ろ姿を指さすと、金次に笑いかける。

「貧乏神。さてここいらで貧乏神たることを示したいのなら、あの男に付いたらいかがかな？」

長崎屋を祟っても、暢気《のんき》な若だんなと数多《あまた》のご馳走の前に、どうせ祟り切れぬ内に嫌になり、出て行くに決まっている。

「あの男は式神を扱える陰陽師であり、そんな己に酔っている。ここで貧乏神に取っ付かれ、力が使えなくなり、見下していた仲間と同じになったら、いかにするだろうか」

仁吉が話している内に、金次がにやりと笑い出した。恐《こわ》い笑いだと若だんなが思ったとたん、姿が消えてしまう。声だけが闇《やみ》に残ったが、それも微《かす》かなものであった。

「承知……」

しばし恐ろしいような沈黙が、長崎屋の庭に残った。

「若だんな、碁の相手がいなくなりましたね」

金次の消えた夜に目を向けつつ、佐助があっさりと言う。若だんなが、大きく息をついた。

「さて、色々なことが終わりとなったな」

おくらとお咲は、娘を心配するあまり時に暴走することのある父親と、縁談に立ち向かってみるという。七太夫には、これからとんでもない運命が待っているやもしれぬ。若だんなはようよう、新しい長崎屋に戻れそうだ。妖達は今回、事を大いに楽しんだ様子で、生き生きとしている。そして。

「兄さんは今回の縁談、どうするんだろう」

松之助の縁組話だけが結末を見せていない。夜の中に残ったままであった。

「若だんな、縁談は相手のあることゆえ、松之助さんの考えだけでは決まりませんよ」

佐助にそう言われれば、頷《うなず》くしかなかった。でも松之助のことだから、きっと良き相手を娶《めと》るはずだ。

「それより夜も深い。早く部屋に入らねば、風邪《かぜ》を引きます」

「まだ話が済んでいないよ。言い足りない」

若だんなの言葉に、皆が黙る。

「でも話すより、部屋で新築祝いのやり直しをしたほうが、楽しそうだねえ」

若だんなが笑うと、仁吉がさっさとその身を抱え離れに入る。妖達も嬉《うれ》しげに続いた。

「部屋内には菓子がたんとありまする」

「酒は？　ああ、酒もあるねえ」

「我はぁ、眠うい」

ずっとおくらを見張っていて、いささかくたびれた鳴家が、あくびをしながら若だんなの袖《そで》の内に入り込んだ。

皆が入って閉められた離れの障子に、行灯の柔らかい明かりが映る。やがて楽しそうな笑い声が、夜の色を明るくするかのように聞こえてきた。

はるがいくよ

序

暖かい春の一日であった。

あるか無しかの風が柔らかい。ゆるく吹いては、草の新芽を撫《な》でて過ぎてゆく。風は淡い色の花びらを数多《あまた》空に舞い上げ、そこここへと運んでいた。

廻船《かいせん》問屋兼薬種《やくしゅ》問屋、長崎屋の離れの縁側にも、薄紅の花びらが雪のように散っている。その上で、家を軋《きし》ませる小鬼の鳴家《やなり》達が、滑って遊んでいた。

「きゅわきゅわ」

「きゃたきゃたきゃた」

長崎屋には昔から数多の妖《あやかし》が住みつき、のんびりと暮らしているのだ。鳴家達は花びらを集め、腕一杯に抱えると、互いの頭の上から降らせて楽しげな声を立てている。

「きょんぎー」

何匹かは、長火鉢の横に座っている若だんな一太郎《いちたろう》の膝《ひざ》に、せっせとよじ登ってい
た。横で若だんなと一緒に桜湯を飲んでいた小紅《こべに》が、その様子を見て微笑《ほほえ》んでいる。

その着物や帯に、散った花びらが浅い春だけの模様を添えていた。

小紅はじきに庭を見ると、そろそろ刻限かなと口にし、若だんなの方を向いた。

「ねえ若だんな。あたし若だんなのこと、本当に好きなんですよ」

前にも言ったが、覚えているかと小紅が問う。きっと生まれてから死ぬまでの間で、
若だんなが、一番好いた殿御になると思うと言う。その言葉に若だんなが湯飲みを置
いて、笑みを返した。

「うん、覚えてるよ。小紅はいつだって、私が大好きなんだよね」

それから、優しげに告げる。

「私も小紅が好きだよ。小紅が小さな頃から、変わらずにずっと」

そうと聞いて、小紅がぽっと頰《ほお》を染めた。桜の花びらの芯《しん》の方が、淡く紅《くれない》に染まっ
ている様子にも似て、かわいらしい。

「ああ、今日は本当によく花びらが散るね」

若だんなはもう一度庭に目を向けると、しばらく小紅と一緒に、特別に美しい春の一時を眺めていた。花は春を、あるか無しかの桜色に染める雪だ。

「今の季節の空が、他の時より白い光に満ちているのは、花びらが舞うせいかもしれないね」

若だんなが表を見ながら言う。

「風が花びら色になっているよ」

小紅は笑うばかりで、もう何も言わなかった。庭に目を向けていた若だんなが、ゆっくり小紅の方を振り向いた。

その目が、涙を浮かべていた。

1

「松之助《まつのすけ》さんの縁談が、決まったみたいですね」

長崎屋の離れで、若だんなが日なたぼっこしていると、兄《にい》やである佐助《さすけ》が、お八《や》つの桜餅《さくらもち》を持ってやってきた。縁側に菓子の入った木鉢が置かれると、良い桜の香が立つ。

若だんなが首を縦に振った。

「兄さんは昨日おとっつぁんに、玉乃屋さんのお咲《さき》さんを嫁に欲しいと、相談したみたいだね」

松之助と恋仲であるお咲は、玉乃屋の次女だ。暫《しばら》く前に二人は知り合い、直《す》ぐに好いた仲となった。しかし玉乃屋の跡取りである長女おくらは病弱であった。跡取り問題を松之助が気にして、なかなかお咲との話はまとまらないでいたのだ。

「なのに驚いたよ。兄さん、急に腹を決め、分家したいと言ったんだもの」

若だんながこう言うと、隣に座った佐助が、にやっと笑った。

「実はねえ若だんな。今度のことには、ちょいと裏話があったようで」

狐《きつね》達が先日、稲荷《いなり》の近くで話している松之助とお咲を、見たらしい。その話によると、何とお咲の方から松之助に、嫁にして欲しいと申し込んだのだという。お咲は父や姉のおくらと話しあって、玉乃屋の跡取り問題を、きちんと決めていた。おくらが婿《むこ》養子を取って玉乃屋を継ぐことで、三人は納得したのだ。なのに、肝心の松之助が一向にはっきりとしない。お咲はじれていたのだ。

「つまり松之助さんは、おなごの方からつつかれて、腹をくくったようなのです」

「おやまあ」

若だんなが目を見張る。

「だが、どんな話があったにせよ、とにかくお目出度《めでた》いことで」

縁談がまとまった途端、どんどん祝言《しゅうげん》に向け進みだしたようだと、佐助は笑った。

「うん、そうだね」

そう言いはしたものの、若だんなは何とはなしに元気が無い。餅にも手を伸ばさず、離れの縁側から庭先の花へ目を向けている。

長崎屋の中庭には、先日の通町《とおりちょう》の火事から焼け残ったという桜の古木が植えられ、そろそろ花が開きかけていた。

火事の後、桜が生えていた場所に仮宅が建てられることになり、せっかく生き残った桜が抜かれることになった。その話を出入りの植木屋から聞き、長崎屋の主藤兵衛《あるじとうべえ》が引き取ったのだ。

強い桜は縁起が良い。桜にあやかって、若だんなが丈夫になれるやもしれぬと言い、藤兵衛は植え替えに大枚をかけた。おかげで通町には、『長崎屋の親馬鹿《おやばか》伝説』が、また一つ増えることとなった。
二、三日前から一輪、二輪と咲き始めている桜は、やがて満開となる。若だんなにとって、兄のことを思い出す木になりそうであった。

「いよいよ兄さん、長崎屋を出て行くのかぁ。何か祝いを贈らなくては」

松之助は当主藤兵衛の庶子だ。よって兄ではあるが、嫁を貰《もら》ったら分家をすることになっている。そのことは松之助に数多の縁談が来たとき、きちんと藤兵衛が店の皆に話していた。長崎屋と玉乃屋は、二人が小間物屋でも開くのがいいと、さっそく話をしているらしい。

「……何を贈ったらいいのかなあ」

若だんなは隠居の老人のように猫背になって、花を見ながら言う。その様子を目にして、佐助が桜餅を小皿に取りながら、小さく苦笑を浮かべた。

「若だんな、寂しいんですか？」

松之助の縁談は、かなり前からあった。いずれ分家するか養子に出るか、とにかくこの長崎屋からいなくなることは、分かっていたことではないかと言う。

だがその言葉に、若だんなはちょいと唇を尖《とが》らせ、貰った桜餅に渋い顔を向ける。

「だって……頭で分かってたって、どうにも寂しいことはあるんだもの」

この時、横手から声が掛かった。目を向けると、もう一人の兄やである仁吉《にきち》が、盆に茶碗《ちゃわん》を載せ、離れに現れていた。

「若だんな、松之助さんが新しく出す店の場所が、早々に決まりそうですよ。日本橋に割と近いらしいです。大通りから一本道を入ったところに、丁度一軒空くとかで」

「もう決まるのかい？　これまた早いね」

「松之助さんの分家祝いです。若だんな、ぐっと一杯薬湯をやって下さい」

仁吉がそう言って、深い蒼《あお》と紫の混ざった液体を差し出してくる。若だんなの顔色が、薬湯並みに蒼くなった。

「そんな奇妙な祝い、聞いたことがないよ」

「これは風邪《かぜ》と江戸煩《わずら》いと胃の腑《ふ》に効く、それはありがたい薬なんですよ。何から作ったのかって？　若だんな、飲む前に聞くもんじゃありませんよ」

仁吉がにこりと笑い、綺麗《きれい》な顔で恐ろしいことを言う。

「また、妙な代物《しろもの》が入ってるんだろ？」

若だんなが縁側で、後ずさる。

実は二人の兄や達も、離れで遊ぶ小鬼同様妖であった。先代が結んだ縁のせいで、長崎屋は妖と繋《つな》がりが深いのだ。

だから若だんなの薬には、この世の物では無いと思われる原料が、何とも気軽に入れられたりする。仁吉はそうして作った一服を、素晴らしい薬湯だと日頃主張しているのだ。ここで佐助が慰めるように言う。

「若だんな、薬は妙な味がする代物かもしれません。でも仁吉の薬湯を飲んだ後だと、たとえば三春屋《みはるや》の栄吉《えいきち》さんの作った菓子ですら、それは美味《おい》しく食べられますよ」

隣で買ってきましょうかと、本気で言う。笑えない話に、若だんなが溜息《ためいき》をついた。

幼なじみにして、菓子司三春屋の跡取りである栄吉は、生まれてこの方、餡子《あんこ》もまともに作れた事のない菓子職人であった。その餡子の味もまた、長崎屋界隈《かいわい》では伝説となりつつある、不吉な味わいのする代物なのだ。

だがそんな栄吉の菓子でも、妖達は人程には嫌がったりしない。菓子と聞いて鳴家達が、若だんなの膝の上によじ登る。

「若だんな、栄吉さんの菓子があるんですか？　我らにも下さいな」

美味しそうな匂《にお》いしかしないが、菓子はどこにあるのかと、きょろきょろしている。

若だんなは苦笑して、桜餅の木鉢をついと押し、鳴家達に差し出した。

「残りは全部、皆でお食べ」

途端、数多の小鬼が部屋に湧《わ》き出てくる。

「おお、そろそろ八つ時だと思っておった」

何故《なぜ》だか他の妖、付喪神《つくもがみ》のお獅子《しし》や織部の茶器、野寺坊《のでらぼう》に獺《かわうそ》まで現れると、あっと言う間に木鉢が空になってしまう。

すると、部屋の端から皮肉っぽい声がした。器物が百年の時を経てなる妖、付喪神たる屏風《びょうぶ》のぞきが口をきいたのだ。

「やれ、鳴家達はがっついていることだよ」

役にも立たぬのに、菓子ばかり沢山食べるのでは、お八つをあげる若だんなも大変だと鳴家に冷たく言う。その上、鳴家達が睨《にら》んでいるのを無視して、ひょいと若だんなの側《そば》に来ると、掌《てのひら》に握っていたものを見せた。

「松之助さんへの祝いだが、若だんな、こういうものはどうだい？　小間物屋の主になるのなら、ちょいとしゃれた物を、身に付けたいところだからね」

手にしていたのは、ころりと丸まった猫の根付けであった。瑪瑙《めのう》で出来ていて、虎猫《とらねこ》の模様になっている。それを見て、鳴家達が不満げに騒いだ。

「そいつは一の倉の、隅っこにあった物じゃないか！」

「屏風のぞきの物じゃないやい。長崎屋の店で売る品物だぁ。勝手に取ったんだ」

「ぎゅんいーっ！」

だが若だんなが、興味深そうに根付けを見たので、屏風のぞきが思いきり得意げな顔つきとなる。鳴家や他の妖達がふくれ面《つら》となり、一斉《いっせい》に離れの部屋から走り出ていった。

「我も贈り物、探しにいくっ」

「こら、勝手に倉から品物を持ち出して来るんじゃないよ」

兄や達が顔をしかめ、慌《あわ》てて声をかけた。放っておいたら、店表にある商売物まで引きずり出しかねない。だが、負けるのが嫌いな鳴家《やなり》達は必死になった様子だ。他の妖《あやかし》達も大いに面白がって、一緒に探しに行ってしまう。

「ありゃりゃぁ」

若だんなが苦笑を浮かべた。

そして小半時《こはんとき》の後。

離れの寝間《ねま》には、誠に様々な品物が並んでいた。

どこから調達してきたのか、掛け軸があるかと思えば、その横には皿に載せた団子が置いてある。一重の着物に、大きな草履《ぞうり》。黄表紙に春画、大根の煮付け。茶碗、時計、若だんなの硯《すずり》や筆、葉っぱ、金唐革《きんからかわ》の財布、破れた提灯《ちょうちん》や籠《かご》などなど、多種多様であった。

佐助が中から、廻船《かいせん》問屋で使う秤《はかり》の重りを見つけ、顔をしかめる。

「だから商売物には手を付けるなと、言っただろうが！」

「売る物には、手を出してませんよう」

「持ってきたのは、店で使っている物です」

鳴家達は笑って頷《うなず》きながら言う。佐助と仁吉が、妖達に怖い顔を向けた。

「全く！　どこが祝いの品なのか、分からないものだらけだよ」

その時若だんなは、品物の端に置かれていた籠に目をやり、首を傾《かし》げた。籠の中には、たっぷりと布が詰めてあるように見える。

「ねえ、仁吉、佐助」

布の塊に指を差す。花びらが上に降り掛かって、綺麗な模様となっていた。

「この籠、台所から取ってきたのかしら。女中頭のおくまが怒るよね」

佐助がひょいと布をめくってみる。途端、驚きの声を上げた。

「何と！　赤子が入ってるじゃないか！」

皆が籠の中を覗《のぞ》き込む。眠そうにして目をつぶっているのは、まだ首も座っていないような赤ん坊であった。佐助が鳴家に向けた目は酷《ひど》く剣呑《けんのん》で、黒目が細くなっている。

「何をやってるんだ。赤ん坊など拾ってきちゃ駄目だろうが！　元に戻して来なさい！」

すると鳴家が、不機嫌な声で鳴いた。

「ぎゅんいーっ、我はその子のことなど、知りませんよう」

「我も知らない。我らは知らない」

仁吉にも睨まれ、鳴家達は半べそをかいている。しかし誰も赤子のことは、見ておらぬと言い張った。

「じゃあ誰が、この子を連れて来たのかな？　他の妖かい？」

若だんなが聞いても、返事をする者がいない。仁吉の秀麗な顔が、不機嫌そうに強《こわ》ばった。佐助がずいと立ち上がって、妖達に迫る。皆、隅に固まって、縮こまってしまっていた。

2

とにかく赤子の素性を知り、家に戻さなくてはならない。

「怒らないから、どこにいた子か、誰か教えてくれないか」

若だんなは離れにいた妖に聞いたのだが、それでも誰からも返事がない。

「きっと、外から歩いて来たんです」

「ほお、鳴家は這《は》うことも出来ない赤子が、歩くと思っているのかい？」

からかうように問うたのは屏風のぞきで、直ぐに三匹程の鳴家に噛《か》みつかれている。

「さて、どうしたものかね」

溜息をつきつつ、若だんながまた籠を覗き込む。その時、すいと片方の眉《まゆ》を上げた。

「仁吉、佐助、二人ともちょいと見ておくれな。この赤子……何だかおかしいよ」

「はて、おかしいとは？」

若だんなの指さす先に、兄《にい》や達が揃《そろ》って顔を向ける。一寸《ちょっと》、二人が首を傾げた。

「ねえ、分かるだろう？　この子、さっきより大きくなってるよね。もう首が座ってきてるよ」

「おや……本当ですね」

「あの、もしかしてこの赤ん坊、人じゃあ無いのかな？」

兄や達は驚いた顔をしたが、若だんなの言葉を、疑うようなことはしなかった。若だんなの祖母は大妖《たいよう》であった。若だんなは妖など、人でない者のことが分かるのだ。

そのせいもあって、若だんなの周りには妖達が集っているのだ。

二人はもう一度、籠の中を覗き込んだ後、ゆっくりと顔を上げた。互いに頷いた後、佐助が腕組みをする。

「どうやら、本当に人では無いようですね。余りに幼いゆえ、一寸分かりませんでした」

「成る程、それでいきなり離れに現れたんだね。どこの妖の子だろうか。どうしてこんなに幼い姿で、この離れに来たのかな」

若だんなが困ったような顔をすると、仁吉がくるりと辺《あた》りを見回した。そしてじきに庭に目を止め、にやりと笑いを浮かべると桜の古木に近づいて行く。庭へ降り木と向き合うと、直《す》ぐに頷いて丁寧に頭を下げている。

「古き桜の怪とは、初にお会いしますな」

「おやこの赤子殿、あの桜の木なのかい？」

若だんなが興味津々《しんしん》な顔を向ける。だが仁吉は微妙に首を傾げ、ちょいと横に振った。

「桜殿、そのものではありません。この子、長き年を経て妖と化した桜の、花びらですね」

「へえ、そうなんだ」

若だんなは仁吉の説明に、あっさりと納得した。仁吉の本性である白沢《はくたく》という神獣は、万物に精通し、妖怪変化鬼神について知ること、他に及ぶものがない存在なのだと聞いていたからだ。そうと教えてくれたのは、貧乏神たる碁敵、金次《きんじ》であった。

仁吉が桜を見上げ、語った。

「この古木殿は、今年より長崎屋の一員となられました。よって花が開くこの時に、ご挨拶《あいさつ》として花びら殿を寄越されたのでしょう」

やれ律儀《りちぎ》なことだという仁吉の言葉を聞き、若だんなが縁側から首を伸ばして庭を見る。桜はさほど大きくは無いものの、幹は黒く時を刻んだ風貌《ふうぼう》をしていた。

ところが。一寸納得した顔つきだった佐助が、中を見てびくりと驚いた様子を見せ、その手を止めた。何事があったかと、横から籠を覗き込んだ若だんなが、楽しげな声を出した。

「あれまあ、この子、もうお座りしているよ」

ややこは「ふえ」と声を出すと、手を上下に振っていた。さっそく鳴家達が近づくと、その腕を摑《つか》んで嬉《うれ》しそうな顔をする。

「うぶっ」

「やあ可愛《かわい》い。何を言ってるのか分からないけど、御ややはご機嫌だ」

若だんなが久しぶりに、晴れ晴れとした笑顔を作る。

「そうかあ、兄さんが嫁様をもらったら、その内、こういう可愛い姪《めい》っ子や甥《おい》っ子が、生まれるかもしれないんだ」

日本橋近辺の店ならば、長崎屋からそんなには遠くない。若だんなが遊びに行ってもいいし、ちょいと大きくなったら、子守と一緒に来るかもしれないと、若だんなは先の事に想像を巡らせている。

「おお、それはいいですね」

若だんな大事が、いの一番である兄や達は、嬉しそうな若だんなを見て機嫌がよい。だが大層可愛いにもかかわらず、桜の花びらの化身たる赤子には、どちらも優しい顔を向けなかった。

「二人とも、赤子は苦手なのかな?」

若だんなのことを、育てたも同然の兄や達ではあったが、二人が長崎屋へ来たとき、若だんなは既に五つだった。慣れていないのかと、また可愛い子に目をやって……この時は若だんなも、思わず苦笑を浮かべる。赤子はまたまた大きくなっており、籠から転げ出て、はいはいをしていたのだ。

「あっという間に、変わってゆく子だね」

確かにこれでは、兄や達の心配の種にもなろうかとは思う。人並み外れて育つ姿を、うっかり店の者にでも見られたら、どう言い訳をしたらいいか分からない。

妖達に様子をみてくれるよう頼み、若だんなは離れの居間に赤子の籠を置いた。

そして翌日。寝坊をし、四つ時になって隣の部屋を見たら、赤子はひょいと立ち上がって、歩き始めていた。

「あらま、もっと丈の長い着物がいるみたいだ」

若だんなが心配すると、妖達が若だんなの着物を入れてある古い行李《こうり》に、頭から突っ込んでいった。とにかく小さそうな着物を、せっせと掘り出している。

「とにかく、まずはこの子の呼び名を変えようか。もう赤子でも花びら殿でも拙《まず》いよ。そうだねえ、女の子だから……小紅という名はどうかしら」

桜の花の淡い紅色を名に冠するのは、花びらの子に相応《ふさわ》しい。若だんなの言葉に、部屋内の妖達は喜んだが、兄や達は歩く赤子を見た途端、益々《ますます》渋い顔をした。

「若だんな、桜殿からの挨拶は、確かにお受け致しました。もう承知しました故《ゆえ》、早々に小紅を引き取って頂きましょう」

そう言って立ち上がったのは佐助で、さっそく赤子が入っていた籠に手を伸ばす。

「長崎屋の離れでは、赤子は預かれませんからね」

「せっかくこの離れに来たんだから、暫《しばら》くいてもいいじゃないか」

若だんながそう言っても、兄や達は、小紅は早く桜殿に返した方がいいと言って譲らない。

「とにかく若だんな、朝餉《あさげ》を食べて下さいな」

「あのねえ、赤子よりも食事の心配かい？」

若だんながくたびれたような溜息《ためいき》をつく。

その時、部屋にいた妖達がさっと影の内へと消えた。思わず身構え庭に目を向けると、じきに軽い足音が近づいてきた。直ぐに紅の花を頭に挿した子が現れ、若だんなに笑みを向けてくる。

「おや於《お》りんちゃん、いらっしゃい。今日も可愛い簪《かんざし》をしているね」

於りんは、深川の材木問屋中屋の娘であった。迷子になったのを拾った縁で、長崎屋へ時々遊びに来るようになっている。まだ小さいせいか、人には見えぬ筈《はず》の鳴家が見えるらしく、それが面白いのか離れに顔を出しては、一緒に遊んで行くのだ。

於りんは今日もさっそく鳴家達の方へ手を伸ばそうとして、縁側の手前で一寸立ち止まった。若だんなの方をじっと見ている。どうしたのかと思い、見つめる方に首を回してみて、若だんなは思わず息を呑《の》んだ。

そこにはつんつるてんの着物を着た、三つばかりに見える女の子がいて、於りんをじっと見返していたのだ。

3

見慣れぬ子の出現に、於りんが首を傾げている。小紅も初めて見る女の子相手に、言葉が出てこない様子であった。

若だんなも佐助達も、また大きくなった小紅を見て、小声で唸《うな》ってしまった。

(なんて早いんだい。参ったね)

於りんは己《おのれ》が来る前に、小さな女の子が離れにいたことが、気に食わなくなったらしい。口元をきゅっと引き締めて、縁側に上がり込んできた。それから、いかにも己のものだといった様子で、若だんなの膝《ひざ》にいた鳴家に手を伸ばす。

すると小紅が、於りんが摑もうとしていた鳴家の右手を、先に摑んだ。これを見た於りんが、咄嗟《とっさ》に鳴家の左手を握る。

「鳴家、我のよ」

「小鬼、小紅のだもん」

「きょんげーっ」

ちっちゃな二人は鳴家を挟んで向き合うと、共に目一杯のふくれ面《つら》をする。鳴家は動くに動けず、総身《そうみ》を強ばらせつつ、情けのない声をあげ続けている。

「これ、二人とも睨《にら》みあってないで。今日は一緒に遊んだらいいじゃないか」

思わず若だんなが鳴家《やなり》を助けようとしたとき、於りんと小紅が、両方から鳴家を引っ張ったからたまらない。

「ぴっぎっ」

鳴家は伸びる代物《しろもの》ではないらしく、甲高い声を上げると、死にものぐるいで二人の手から逃げ出し、若だんなの袖《そで》の内に避難してくる。すると小紅達はまた、部屋にいた別の鳴家を追いかけ始めた。

「きょわきょわーっ」

悲鳴のような嬉しいような声を上げ、鳴家達が一斉《いっせい》に部屋中を駆け回り出す。その後ろを楽しそうに、於りんと小紅が追う。鳴家はなかなか捕まらず、二人はそのまま寝間《ねま》の方へと走り込んだ。

「ありゃ、二人とも、そこに置いてある贈り物を、触っちゃ駄目だよ」

若だんなが拙いと思った時は、既に遅かった。小さな二人は、鳴家から畳の上に並んでいた品物に目を移すと、さっそくお気に入りを選び出し、玩具《おもちゃ》にして遊び始めた。

そんな二人の後ろ姿を見て、若だんなが力のない声をあげる。

「ああ於りんちゃん、掛け軸を、折り紙の代わりにしちゃあ駄目だよ。あれ、もう折っちゃったか」

於りんに注意する傍らで、若だんなは小紅も止めにかかっていた。大きな硯《すずり》を抱え込み、今にも落っことしそうだったからだ。

だが小紅に目をやった途端、顔が強ばった。

「本当に……早すぎる」

小さく息を呑んだ後、急いで小紅から硯を取り上げた。そして小紅を於りんの目から隠すように仁吉に渡すと、於りんの方を向いた。

「於りんちゃん、部屋内の物は、触っては駄目だと言っただろう？」

言うことが聞けないのなら、今日は離れで遊んではいけないと言い渡す。すると佐助がその言葉を待っていたかのように、半泣きの顔になった於りんをひょいと抱き上げ、縁側から急いで庭に下りた。

「今日はおかみさんの居間で、遊びましょうね」

そう言うと、まだ鳴家を目で追っている於りんを、母屋《おもや》へと連れて行く。仁吉は小紅を畳に下ろすと、きっぱりとした声で言いつけた。

「小紅、鳴家、部屋が散らかったじゃないか。寝間に散らかってしまった贈り物を、一緒に片づけなさい」

するど、それも遊びだとでも思ったのか、鳴家と小紅は、機嫌良く寝間に消えた。間の襖《ふすま》を素早く閉めた仁吉が、若だんなに向き合う。仁吉は押し殺したような溜息をつき、若だんなが眉尻《まゆじり》を下げた。

「あっと言う間に、小紅は於りんちゃんより大きくなってたね」

このまま遊ばせておいたら、いくらなんでも於りんは妙だと気が付いただろう。

「だから小紅は、ここには置いておけないと、言ったでしょうが」

「於りんちゃん、何も気が付いていないよね、仁吉?」

「まあ、走り回ってましたし、大丈夫でしょう。それに一緒に遊んでいた女の子が、いきなり大きくなったと子供が言っても、周りが本気にしないでしょうから」

だが、このままではいられない。小紅が可愛いというお気楽な気持ちだけでは、じきに対処出来なくなる。小紅の時は、人よりも大層はやく進んでいるようであった。

若だんなが畳の方を向いて、仁吉にご免と言った。

「そうだね……分かってる気でいたけど、それがどんなことを引き起こすのか、感じ取れてなかったよ」

若だんなはそう言うと、気になることがあるのか、一寸《ちょつと》顔をしかめた。気が付けば、小紅はそろそろ手習いなどする年頃になっている。直《す》ぐに立ち上がった赤子の頃から比べると、どうも少し、育つ勢いがゆるくなった気はする。しかし……。

しかし。

「では早々に、小紅を桜の古木殿にお返ししましょう」

仁吉がそう言って、小紅を連れに隣の寝間に行こうとする。だが不意に、その腕を若だんなが横から摑んで止めた。仁吉が片眉を上げると、若だんなはその顔を覗《のぞ》き込むようにして問う。

「ねえ仁吉、小紅はこの先どうなるの？」

驚くような早さで、大きくなっている。そして。

「いつか、止まるのかな」

それともこのまま、小紅はずっと驚きの早さで、時を刻んで生きてゆくのだろうか？　それで、大丈夫なのか。

仁吉が眉間《みけん》に皺《しわ》を寄せた。いつになく顔つきが怖い。何だか聞いてはいけないことを問うてしまった気がして、若だんなは思わず摑んでいた手を離した。

そんな若だんなを、今度は仁吉の方が見つめてくる。

「若だんな、私は最初に言いましたよね。小紅は長き年を経て妖《あやかし》と化した桜の、花びらだと」

それが返事であった。若だんなは頷《うなず》いてから、目を瞑《つむ》った。

桜の花は、咲いてから七日もすれば、満開となる。十日も経《た》つと、風に花びらを散らすようになる。そうとなれば葉桜となるまで、三日持つかどうかだ。

つまり、つまり咲き始めてから半月足らずが、花びらの寿命なのだ。

(小紅の生きる時間は、たった半月しかないっていうのか？)

散り始めてしまったら、もう何をするにも間に合わないだろう。風でも吹いたら、花びらは風に舞ってしまう。それきりであった。

皆と同じように、人としての姿を持って生きているのに、あまりの短さだ。これでは幾らもしない内に死ぬと言われているのと、同じではないか。

「仁吉、佐助、何とかならないの？」

思わず縋《すが》ってみたが、二人は小さく首を振ったきり、若だんなと目を合わせようとしない。甘い甘い、とことん甘い兄《にい》や達が、若だんなの真剣な願いを聞いてくれぬことは珍しい。だから本当に、兄や達ではどうにも出来ぬことなんだろうと思う。

でも。

「このまま桜殿に返せない。小紅を放っておく事は出来ないよ」

何とか出来る目算も体力も無いが、とにかく見過ごすことは出来ない。ならば、若だんなが何とかしなくてはならないと思う。

「若だんな！」

それを聞いた兄や達が、珍しくも厳しい顔をした。

「小紅は小紅。花びらなんですよ。今まで、半月の内に桜の花が咲いて散るのを見ても、不思議とも嫌だとも、思ったことは無かったでしょう？　世のことわりの一つなんですよ。それを己の考えで、変えようっていうんですか」

若だんなは一寸、唇を嚙《か》む。

このままでは駄目だと思い、苦しい気持ちを持てあましているのは、若だんなの思い上がりなのだろうか。

己の考えを、小紅に押しつけているのだろうか。

でも放っておいたら、小紅は行ってしまうのに……。

考えても、答えは簡単には出てこない。兄や達は、若だんなが揉《も》め事に首を突っ込むのを、嫌っているだけかとも思う。

（これじゃ今回のことは、兄や達に助けてもらうのは無理かな）

分かっている。

それでもこのまま仕方がないと諦《あきら》めてしまうのは、どうにも嫌なのだ。隣の部屋からその小紅の、明るい声が伝わってくる。

若だんなが引かぬとみて、佐助が天井を仰いだ。仁吉は畳に目を落とし、溜息をついている。その顔が妙に強《こわ》ばっていた。

4

「おう、一太郎、久しぶり」

翌日、菓子司三春屋の跡取り息子栄吉が、桜の咲く中庭に顔を見せた。

通町の火事の時、長崎屋のすぐ近くにあった三春屋も、火を貰《もら》い燃えていた。若だんなは燃え残った土蔵に暮らしていたが、栄吉の一家は表長屋が建つまで、余所《よそ》に身を寄せていたのだ。

互いの火事見舞いで一、二度会いはしたし、三春屋が新しい表長屋で店を開いた時は、さっそく顔も出した。だが長崎屋の離れで日向ぼっこをしながら栄吉と喋《しゃべ》るのは久方ぶりで、懐《なつ》かしい気持ちにすらなってくる。

若だんなはいそいそと、長火鉢にかかった鉄瓶の湯で、茶を淹《い》れた。栄吉は盆の上に、竹皮に包んであった菓子を広げる。今日友が持ってきた菓子は、己で作った自信作の大福であった。

しかし隣に座った友は、先に一口食べると、「むむぅ」と言って、首を傾《かし》げている。それを見た若だんなは、いかなるもの凄《すご》い味なのかと、食べる前に腹をくくるはめになった。栄吉は、それはそれは大いに本当に控えめに言って、餡子《あんこ》を作るのが大層苦手な菓子職人なのだ。

だが大福は、大事な友が作った菓子であった。若だんなは今日も、ちゃんと全部食べるつもりで、ぱくりとかぶりつく。

ところが。

一口食べた後、若だんなは頷き、栄吉に笑いかけた。

「なんだい、今日はいつもより、良い出来なんじゃないかい？」

「そ、そうかい？　そうかい？　うん、そうだよねえ、嬉《うれ》しいことを言う」

栄吉の目がぐっと輝いた。栄吉にとって、作った菓子を褒められるのは、百両拾うよりも嬉しいことなのだ。

「おとっつぁんは、まだまだこの出来じゃあ、おっかなくって、お得意さんへのおつかい物にゃ、出せないって言ってるんだが」

それでも、必死で作った品を褒められるのはありがたいという。栄吉の言葉に、若だんなが首を傾げた。

「必死って、どういう訳だい？　大福なら今までだって、たんと作ってきただろうに」

すると栄吉が、大福の残りをごくりと飲み込んで、若だんなの方を見た。何やらいつにない真剣な顔つきを見て、若だんなは思わず、きちんと正座する。栄吉が、静かな調子で言った。

「実はな、お春を嫁にやった後、おとっつぁんは本気で俺の腕を、何とかせにゃあならんと、思ってたようなんだ」

残った子供は、栄吉一人なのだ。そんな時、火事で店が燃えてしまった。家は大家が建て直すにしても、店で使う品物は、新しく買い揃《そろ》えねばならなかった。

「何かと金がかかったからなあ。こうなったら親は何がなんでも、俺に腕を上げてもらい、先々の心配を無くしたいらしい」

「それで？」

そのことが、大福とどう繋《つな》がるのであろうか。何となく落ちつかない若だんなを真っ直ぐに見て、栄吉が言った。

「俺、何処《どこ》ぞへ、修業に行くかもしれない」

「はあ？　奉公にゆくの？」

若だんなが目を見開く。栄吉は今年二十歳で、今更小僧に交じって奉公人となる歳《とし》ではない。だが栄吉は、ふざけて言っているのではなかった。

「だからさ、菓子屋の息子が、余所へ菓子修業に行くって形になるんだろうな。知り合いの店に預かってもらい、教えを請《こ》うことになる」

だがそういうことなら、店の小僧という立場とも違うから、大福の一つくらいまともに出来なければ格好がつかない。三春屋主人は今必死に、息子へ菓子作りを教え直しているのだ。今日の大福は、その成果であったのだ。

若だんなは一寸呆然《ぼうぜん》とすると、手の中にある囓《かじ》りかけの大福を見る。

「栄吉は三春屋の跡取りだ。私は長崎屋の跡取りで……だからお互い、ずっと隣にいるもんだと思ってたよ」

たとえ火事で焼け出されても、店は建て直されるのだ。こうして何ヶ月後には顔を合わせ、元のように暮らして行く。歳を取り、やがて共に隠居する日まで、すぐ側《そば》にいる。若だんなはそんな風に思いこんでいた。

「それがなんと……どこかへ行っちゃうの？」

思わず子供のような口の利《き》き方をした若だんなに、栄吉が苦笑を向けてくる。

「うちは小さな菓子屋だもの。上方まで行くって話には、ならないだろうよ」

つてを辿《たど》って、栄吉は江戸市中のどこかの店に、潜り込むのだ。しかしそうと聞いても、若だんなは笑えなかった。

「修業中じゃあ、しょっちゅう三春屋へ帰ってくることは出来ないよね。何処の町になるか分からないけど、私もその店へ、まめに通うことは無理だろうな」

三春屋が店を畳む訳でなし、菓子が欲しければ隣で買えばよい。わざわざ遠方に行くのを、兄や達が許すとも思えなかった。

「寂しくなるなあ……」

思わず溜息《ためいき》が出る。

「まだいつ行くかは、決まっちゃいない。それに何年かしたら、帰ってくるよ」

きっと、今度こそ餡子を上手《うま》く作れるようになるんだと、栄吉は張り切っている様子であった。ならば一緒に先々への夢でも語り、盛り上がるべき時だと、若だんなは思う。

だが。

「あのね、栄吉。ちょうど松之助兄さんも、長崎屋を出て行くんだ。お嫁さんをもらって、分家するんだよ」

「おや、お目出度《めでた》い。松之助さん、いよいよ話がまとまったんだね」

祝いを言われて、若だんなは頭を下げた。誰に言われるまでもなく、栄吉のことも松之助のことも、どちらも祝い事なのだと承知している。にもかかわらず元気の出ない若だんなの肩を、栄吉がぽんぽんと叩《たた》いてきた。

「一太郎は寝込んでばかりで、小さい頃から友達が少なかった。そのせいかなあ、随分と寂しがり屋なところがあるよな」

日々暮らしてゆくなかで、一時側から離れていく者もいるだろう。だが出会いもあるぞと言って、栄吉は笑う。そして、何だか嬉しそうに大福をまた一つ食べ、庭の桜を眺めている。

「今年植えたんだよな。綺麗《きれい》な木だ」

「うん」

勿論《もちろん》若だんなも、栄吉の言うことは分かっていた。ちゃんと頭では正しい意見だと思ってもいる。

でも、それでも。

（人が側からいなくなるのって、なんて寂しいんだろう）

まるで毎日の一部が、この身から欠け落ちて無くなるかのようだ。甘えなのかも知れぬと思っても、そんな思いが消えてくれない。

(私は休みがちだったけど、寺子屋には長く通った。あそこに、もう通わなくともよくなった日、こんな気持ちだったっけ)

何だか、うまく言葉に出来ない分、胸が詰まってくる。せっかく友が作ってくれたからと思い、大福をまた一口囓るが、なかなか喉《のど》を下らなかった。

気が付けば中庭に咲く桜とて、随分と花が開いていた。満開になれば、それは見事な眺めになるはずだ。その日は、もうほんの何日か先に来る。小紅はどうなるのか。そして暫《しばら》くすれば、栄吉も家から出て行くのだ。

(皆、どこかへ急ぐ)

若だんなは、大福一つ食べ終わることが出来ぬまま、桜の上の空を振り仰いだ。

5

翌日若だんなは気を引き締めると、植木で有名な染井村に行くと言い出した。植木職人に桜の花びらが散らぬ方法を、聞きにゆくのだ。

「とにかく小紅のことだけは、何とか守りたいんだ。駄目と言われても引かないよ」

今日も離れで鳴家《やなり》達と遊んでいる小紅は、また大きくなって、既に十《とお》近くに見える。桜は日々花開いている。時が無かった。

だが兄や達は揃って不機嫌な顔つきをし、首を縦に振らない。要するに反対であって、こうなると、舟を頼んでもらえなくなる。若だんなが己《おのれ》で頼もうとしても、今度は外へ行かせてもらえないだろう。

「今日は駄目って言っても、外出するよ。歩いてでも植木職人に会いにゆくからね」

それでも頑固に意見を曲げずに言うと、兄や達は思い切り渋い表情を浮かべた。しかし……しばしの後、折れてくれた。

「仕方がないですね。植木職人には会わせましょう。若だんなに、勝手に染井村に行かれてはかなわない」

そう言うと二人は、何故《なぜ》だか小僧に、日限《ひぎり》の親分を呼びにやらせたのだ。

「船頭さんじゃなくて親分さんを呼ぶの？」

若だんなが首を傾げると、佐助がひょいと東の方を指さした。植木職人なら、染井村でなくとも居るという。

「ここからさほど遠くない八丁堀の先には、武家地が多くあります」

同心《どうしん》の屋敷だけでなく、かなりの広さがある旗本や大名家の屋敷もある。そこには庭があり、植木職人が出入りしている筈《はず》であった。つまり兄《にい》や達は、日限の親分が世話になっている同心の、そのまた知り合いを辿って、その職人達を紹介してもらうつもりらしい。

「まあ、親分さんには無理を聞いて貰う為《ため》に、日頃袖《そで》の下を渡してあるんですから」

佐助はしゃあしゃあと言う。

じきに離れへ顔を見せた親分は、礼金を弾むと随分と有能になった。どうやったのか翌日の昼前には、通町に出ている屋台見世《みせ》の団子屋で、仕事の合間に来たという植木職人達数人と、会わせてくれたのだ。

人や馬、ぼて振りや大八車が数多《あまた》行き交う道には、見世の横に長い床机《しょうぎ》が二つ置かれていた。上には団子と茶が出ていて、金子《きんす》入りのおひねりが添えられている。職人達はそれを見て、皆機嫌良く道端で一休みし、兄や達を連れた若だんなと向き合った。

「それで？　長崎屋の若だんなは、あっしらに何をお聞きになりてえんで？」

さっぱりした口調で、五十を超えていそうな職人が聞いてきた。若だんなは湯飲みを両の手で包むように持ち、おずおずと口を開く。今から聞くのが、妙な質問だと分かっていたからだ。

「あの……今、桜が咲き始めているでしょう？　あの花びらをですね、散らないようにする方法は、ないもんでしょうか」

若だんなは、それは真剣な顔で聞いたのだ。だが一寸《ちょっと》の間《ま》の後、職人達からどっと笑い声が上がる。日限の親分は溜息を漏《も》らしているし、石畳模様の屋根を持つ屋台の主《あるじ》も、笑いを浮かべているではないか。

「いや、何の話かと思ったら、参ったね」

「散らぬ桜が欲しいとな。一年中花見でもしたいのかいな」

大店《おおだな》の若だんなの言うことは変わっていると、皆から、からからと豪快に笑い飛ばされる。そのきっぱりした言い様が、答えを聞くまでもない返答であった。

「やっぱり無理な話なんですか」

声を低くした若だんなに向かい、年かさの一人が笑いを止めて答えてくれた。

「あんなあ、桜は散るから綺麗なんだぜ」

それに花は実を付ける物なのだ。桜の実は小さく人は食べぬが、鳥たちは喜ぶ。

「花が花のままじゃ、その先のもんが出来ないだろうが。当てにしているもんが困るわさ」

「その、先？」

若だんなが目を見開く。

「まあ、鳥なぞ困っても構わねえと言い切ったところで、あっしらに、散るのを止められる訳じゃないがねえ」

「若だんな、そんな特別な願いをするんなら、相手は神様仏様じゃないと」

また、笑い声が立つ。

「神仏が、いくらもしねえ内に散るもんとお決めになったから、桜の花は短い命なんだろうよ。なら植木職人ごときが、口を挟む余地はねえわな」

たとえ、気前よく団子とおひねりを頂戴《ちょうだい》しても、無理は無理。どうにもなりはしないと、あっけらかんと言い切られ、若だんなには返す言葉もなかった。

「なに、桜の木は長生きするもんだし、古木になって弱っても、打つ手はある。若だんな、大事な桜があるんなら、手入れするぜ。必要になったら声をかけておくんな」

職人達に配ったおひねりは、そんな言葉と共に道の向こうへ消えてゆく。親分も帰り、床机に残った若だんなには、焦《あせ》りだけが一緒に残ってしまった。

道端でしばし黙って座っていたが、じきに立ち上がって、兄や達を見る。

「神仏に頼ればいいって？　ならば今度は上野の広徳寺《こうとくじ》へ行くよ」

広徳寺の高名な僧都、寛朝《かんちょう》ならば何とかしてくれるやもしれぬと、若だんなは言い出す。すると昼の大通りの真ん中にいるというのに、仁吉の黒目が猫のように細くなった。

「仁吉、表にいるのに拙《まず》いよ、その目……」

「若だんな、無理しても大丈夫な体じゃあ無いでしょう？　小紅よりも先に、あの世に行く事になりますよ！」

今にも肩に担《かつ》ぎ上げられ、長崎屋の離れまで、連れていかれそうであった。若だんなは慌《あわ》てて一歩引き、兄や達と約束する。

「これで最後にするから」

もし、もし寛朝にも打つ手が無いのであれば、若だんなには、もうどうしたらいいのか、分からない。だから。

「これで駄目なら、後は大人しく離れにいるから。広徳寺には行かせておくれな」

相手は妖《あやかし》を見ることが出来る寛朝であれば、直接対面させたいので小紅も一緒に連れて行く。もう一度だけ頼むと言われて、兄や達はその目を何とか、人並みに戻した。

「本当に、それで駄目なら諦《あきら》めるんですね？」

念を押し、若だんなの顔を見てくる。

「でも行くのは明日にして下さい。これ以上無理をすると、必ず熱が出ますから」

「若だんな、約束ですよ。これで本当に最後ですからね」

佐助の言い様も厳しい。

「分かってる……約束するよ」

翌日、一同は小紅を連れ、上野の広徳寺へ向かうこととなった。


広徳寺は高名な寺で、その敷地は広く、そこにおわす僧侶《そうりょ》は徳高い。

少なくとも世間ではそう言われていたが、妖退治で名を馳《は》せるこの寺のことを、当の妖達がどう思っているかは、また別の問題であった。

それでも若だんなと共に、何度か広徳寺へ来ているせいか、鳴家達は寛朝をすっかり見慣れている。普段であればおっかな吃驚《びっくり》、その坊主《ぼうず》頭に触っては、僧衣を滑り降りたりして遊んでいるのだが、今日は付いてきた鳴家が皆、堂宇《どうう》脇《わき》の回廊の端に集まっていた。

一緒に寺へ来た小紅と、長崎屋から持ってきた物を見せ合いっこしているのだ。どうやら松之助への贈り物選びを、遊びのようにまだ続けているらしかった。

一日経《た》った小紅は、十二、三に見えるようになっている。そろそろ子供の時が終わり、若い娘にさしかかってきている。一緒に舟に乗って隅田川を上った時、小紅は若だんなと話すのが嬉《うれ》しくてたまらない様子であった。

寛朝は若だんな達と向き合って座り、部屋の障子を開け放つと、廊下の先で小紅達が遊ぶ姿を、部屋内から眺めている。弟子の秋英《しゅうえい》が茶を配り終わる頃には、事の次第を説明する若だんなの話も、一通り終わった。

すると寛朝は、いかにもあっさりと一言、若だんなに言った。

「無理だな。私には何も出来ん」

「か、寛朝様。そんなに簡単に、見捨てないで下さいまし」

若だんなが声を詰まらせた。だが寛朝は首を振る。

「寿命が尽きる者をこの世に留《とど》める力なぞ、私には無いな。そんなことをする力は、神、仏の領域のものだ」

人の身で、小紅の生きる早さを操るなど出来る訳がないと、その言葉はつれない。

そして寛朝は、ちらりと若だんなを見てきた。

「若だんな、お前さんは小紅の為だと言い、何とか花を散らせまいとしておる」

だが、小紅は生まれたときから花びらなのだ。

「そうであれば、勿論その短い生涯は初めから決まっておったのだが……小紅は己を嫌がっておるのかの？」

「……小紅は、花びらはこんなものだって言うんです」

「だろうな」

人にしろ、猫や金魚にしろ、その命の長さは様々だ。古き社にあるご神木などになると、何百年も生き続けているし、朝顔は朝開いて、昼前にはしぼんでしまう。しかし己が生まれて死ぬまでを、一々他と比べ、生きている間中嘆いている生き物などおるまい。寛朝はそう言って、唇の片端をくいと上げた。

「現に若だんな、お前さんは……」

「寛朝様！　小紅の寿命を延ばすこと、お出来にならないんですね？　ならばそろそろ、我らはおいとまいたします」

その時じれたような声で、仁吉が寛朝の話を切った。

「若だんなは、上野に来たのを最後にして、後は大人しくしていると約束してくださってます。そうですよね、若だんな」

隣で佐助も頷《うなず》き、これで話は終わりだとばかりに懐《ふところ》から小判を取り出して、寛朝へ差し出した。寛朝が一寸黙った後で、にたあと、僧には似つかわしくない怖いような笑みを浮かべる。

「おや、若だんなは本当に納得したのか？　いいのかねえ。まあ、私は構わんがな」

縁のあった捨て子や老人、病人など、僧として今日も数多の金子の使い道を抱えた寛朝は、謝礼の小判をありがたく受け取った。しかし寛朝は、そのまま黙っている気は無いらしい。若だんなというより何故だか兄や達に向かって、人の悪そうな表情を向ける。それからちらりと廊下の端を見た。

「鳴家達は、松之助さんへの婚礼の祝いを選んでいるんだよな。おまけに、三春屋の栄吉も店を離れると、余所《よそ》から聞いたぞ。私は耳が早いだろう。つまり若だんなは今、寂しいんだな」

だから小紅のことで引かぬのかと、鋭いところを見せてくる。

「だがどんなことも、先へ継がれていくものだ。広徳寺の伝統、妖退治だとて、私はさっさと引退し、優秀な秋英に交代して欲しいと思っておる」

「寛朝様は楽したいだけじゃないですかね」

仁吉がぼそりと言うと、名僧であるこの身も、永遠に生きはしないからと笑う。命はいつか尽きる。だが人の営みは、そこで途切れはしないのだ。

「そういうことだと納得せにゃならん。いや、得心出来ずとも、仕方がないと諦めることを、覚えて行くということかな」

いずれは誰しもが逃れられぬ冥土《めいど》ゆきが、なるだけ怖く無ければそれで良しという。

なかなかに大ざっぱで、何ともいい加減に聞こえる寛朝の話であった。だがこの話もまた、仏の教えのように聞こえるところが、名僧と言われる所以《ゆえん》であり、寺で上に立つ僧に睨《にら》まれる理由だ。

「分かったような、理解出来ないような」

とにかく小紅のことについては、寛朝という最後の頼りの糸が切れたことは間違いない。若だんなが大きく溜息《ためいき》をついた。

「お前さん達は納得できたのか？」

ここで寛朝が兄や達に問うと、二人はぷいとそっぽを向いた。寛朝は大げさな溜息をついている。

「やれやれ」

仁吉が立ち上がり、堂宇の廊下にいる者達に、帰るぞと声をかける。丁度その時、小紅が透き通った青いものを日にかざしていた。

鳴家が若だんなの文箱《ふばこ》から持ち出したものか、目を見張る程に透き通って美しい。若だんなは佐助に促され部屋から出たときに、一寸それに見とれていた。三人の姿が廊下を帰って行くと、鳴家達が慌てて走り寄り、若だんなの袖に入り込んで丸まった。

6

「喉《のど》が痛いよう。気持ちが悪い……胃の腑《ふ》とお腹《なか》がきりきりしてる。背中がつって、頭がぼうっとする……」

気持ちがっくりくると、若だんなは早々に病に見込まれてしまった。

上野から隅田川に出て舟に乗り、川風に当たった途端、吐き気を訴えることになったのだ。佐助に背負われ長崎屋へたどり着いた時には、熱が上がっていた。

「言わぬ事ではありません」

兄や達はさっさと、若だんなを布団《ふとん》に放り込み、医師の源信《げんしん》が慣れた様子で診察して帰った。後は仁吉と佐助や小紅、それと離れから人が消える夜は妖達が、若だんなの看病をすることになる。

翌朝目を覚ますと、小紅は綺麗《きれい》な娘となっており、若だんなは熱で霞《かす》んだ目を、ぱちくりとさせる。日中は佐助達が店表に行ってしまうので、若だんなに付き添うのは小紅と、人の姿を取れる屏風《びょうぶ》のぞきの仕事となった。

「やれ、あたしは若だんなと、昔っからの腐れ縁。世話をするのにゃあ慣れてるがね。

小紅、お前さんは春の間の客だ。面倒なら遊んでてもいいんだよ」

　そう言われると、すっかり綺麗になった小紅は、笑みを作る。枕元《まくらもと》で手ぬぐいを絞りつつ、少し照れくさそうにこう言った。

「気を使わないでくださいな。あたし、看病するのが嬉しいんです。若だんなのこと、本当に好きなんですよぉ」

　若だんなを見つめてそう言ったものだから、一寸《ちょつと》きょとんとした屏風のぞきが、小さくけらけらと笑った。

「聞いたかい、若だんな。良かったな、歩いても遊んでも働いても寝込むお前さんのことを、好いたらしいと言ってくれるおなごが、この世に居たらしいわな」

　屏風のぞきが、いいように言う。だが熱の高い若だんなは、喋《しゃべ》るのが辛《つら》くて言い返すことが出来ない。そうと見ると、屏風のぞきと小紅は若だんなの事を、何やら楽しそうに話し始めた。

（やれ、好きなことを言って）

　日が暮れると、二人の兄《にい》や達が交代に来た。行灯《あんどん》の明かりがつき、黄みを帯びた部屋の隅には、妖の潜む影が出来る。屏風のぞきは人目が無いのを良いことに、屏風の中でごろりと転がり、ぐっすり眠りこけている。小紅は桜に話があるのか、中庭へと降りていった。

若だんなは変わらずに、熱が高く喉が熱く総身《そうみ》が痛い。こんなに具合の悪い夜を過ごすのが、何回目なのか分からない程多いというのが、情けのない話であった。

それでも今のところ生きているのは、医者に糸目を付けず金子《きんす》を払ってくれる親と、ひたすらに若だんなを気遣ってくれる妖達のおかげだと思う。思うが、やっぱり苦しい。

「はあ……」

溜息が口からこぼれ出る。すると、ひやりと額が冷たくなった。

佐助が絞った手ぬぐいを載せてくれたのだ。仁吉が横で、長火鉢の薬缶《やかん》を手に取っている。何やら妙な匂《にお》いがしているから、煎《せん》じ薬を作っているのに違いない。

(寝付いていたんじゃあ、どんな強烈な薬が出てきても、逃げられないや)

若だんなは苦笑を浮かべそうになって、今度は咳《せ》き込んでしまった。慌てて佐助が背中をさすってくれる。仁吉が蛤《はまぐり》に入った咳止めの軟膏《なんこう》を取りだし、喉に塗ってくれた。

「若だんな、なかなか芯《しん》から丈夫になるという訳にはいきませんねえ」

心配げな言葉に答えるにも、喉が痛い。それで黙っていると、仁吉が若だんなの喉元に布を巻いてくれた。そして最初は体が痛い場所など聞いていたが、その内何ともさりげなく、話は広徳寺のことになった。

「若だんな、寛朝様が小紅のことは、神仏の領域の話だと言ったのを、覚えておいでですか？」

ふと、思いついたように言う。勿論《もちろん》覚えていた。その言葉を聞き、若だんなは気持ちが落ち込み、ついでに熱を出したのだ。

「ならば、ですね。いっそその……神仏の力に縋《すが》ってみませんか」

（神仏に縋る？）

どういう意味なのか、若だんなには、はかりかねた。仏に縋るため、昨日広徳寺へ行ったではないか。そして頼りの寛朝から、小紅を救うのは無理と、きっぱり言い渡されたのだ。

しかし仁吉も佐助も、そのことは承知している筈《はず》だ。若だんなが枕の上で眉《まゆ》を顰《ひそ》めると、仁吉が薬を煎じつつ、こう説明してきた。

「つまりですね、人ではどうにもならぬ事でしたら……皮衣《かわごろも》様にお縋りするのはどうかと思うのです」

皮衣は人としての名をおぎんと言い、若だんなの祖母にして大妖《たいよう》であった。今、神なる荼枳尼天《だきにてん》様にお仕えしている。その荼枳尼天様の庭に、小紅を置いて頂いてはどうか。仁吉達の提案は、驚くものであった。

「だ、だって……」

　思わず呟き込みながらも、声を出す。

（そんなことが、出来るんだろうか）

　思わず首を傾《かし》げずにはいられない。小紅はおぎんの孫である若だんなの、そのまた知り合いであった。そんな小紅のことを、荼枳尼天様の庭で受け入れてもらえるものであろうか。だが、兄や達は真剣だ。

「神の庭には、以前桃色の雲がひっかかっていたというご神木があります。庭には木も花も、あるようなのです」

　あそこに行けば……桜の花びらである小紅は、散らずに済むやもしれぬ。花の付いた桜の枝を持って行き、地に下ろせば、神の地で根付くだろう。その花は庭の隅で、散らずにいられるかもしれない。いや、どこかで咲き続けることが出来るとすれば、神の庭しか無いだろう。

「ただ、ですね」

　仁吉が静かに言った。

「小紅一人を、かの地へ行かせたいと言っても、どうなるものでもありません」

皮衣が仕える荼枳尼天の庭は、便利に使える長生きの場では無いのだ。死にたくないからと言って、人の世にいる者が簡単に訪れることなど出来ない。

それが可能である者は、限られている。

「若だんな、小紅を連れて、荼枳尼天様の庭にお行きになりませんか？」

本当に静かに、仁吉が言った。

その右の頰《ほお》に行灯の明かりが当たっており、若だんなを見下ろしているのが分かる。だが顔の半分は影になっていて、表情が見て取れなかった。

「皮衣様の孫である若だんななら、庭に通して頂けるやもしれません。以前一度、皮衣様が見越《みこし》の入道《にゅうどう》様と、若だんなをあちらに引き取るという話を、なすったことがあったのですから」

熱は出たが、今回も若だんなは何とか無事であった。だがこのままだといつ危うくなるかと、ずっと心配し続けることになる。

「神の庭に行けばきっと、病に取っつかれることも無くなりますよ。皮衣様も安心なさいます。いつもいつも、体の弱い若だんなのことを、それは心配しておいでなのですから」

（えっ、私もお庭で暮らすの？）

布団の上で、若だんなは目を見開く。

（つい今まで、小紅の事を話してると思ってたのに。いつの間に、私自身の話になったのかな？）

しかし。

（確かに……そんな所へ小紅を送って行ったら、この世には戻っちゃ来れないよね）

神の庭と人の世が、簡単に行き来出来る筈もない。両親や兄や栄吉や皆との別れが、やってくることになる。それを兄や達が、承知していないとは思えなかった。

（……どうして二人は突然、こんなこと言い出したんだろう）

今日まで病弱な若だんなが、長崎屋で生きてゆけるよう手を貸してくれた、優しい兄や達であった。

（今回も寝込んだけど、死ぬほどの病とも思えないんだけどねえ）

正直なところ、二人が神の庭の話を小紅の為《ため》に言い出したとは、どうしても思えない。兄や達が最優先にするのは、常にいつも、何がなんでも若だんなのことであった。

（なのに何故《なぜ》……私に小紅を送らせたいんだ？）

熱に浮かされた頭で、最近、何か妙な事がなかったかを考える。

（小紅が来たよ。そして兄や達はどちらかといえば、小紅に冷たかったが……）

そこまで考えて、そういえば広徳寺の寛朝も、何か様子が違ったことを、思い出した。いつもならば、妖《あやかし》である兄や達自身には、あれこれ言ったりせぬのに、昨日は寛朝の方から二人の考えを聞いていた。

（寛朝様、何をおっしゃってたっけ）

確か、時も命も受け継がれていくものだと説教していた。寿命が尽きる者を、この世に留《とど》める力なぞ無いと、開き直ってもいた。

（あれで名僧なんだからねえ）

そして寛朝は、そんな話に納得したかどうかを、わざわざ兄や達に尋ねたのだ。

（そう、私だけじゃなく兄や達にも、噛《か》んで含めるように命の話をしていた……）

どうしてだろうか。小紅のことは仕方がないと、兄や達はとうに諦《あきら》めていたのに。何故にそんな二人に話したのだろう。

（仁吉や佐助が心配しているのは……小紅じゃない。いつだって私の事だ）

若だんなは一層ぼうっとしながら、枕元にいる兄や達を見つめた。昔からずっと変わらずに、二人は若だんなを守ってくれている。いつも側《そば》にいてくれる。

熱が上がってきたと見てか、仁吉が額の手ぬぐいを取って、盥《たらい》で絞り直した。黄みがかった光の奥に、佐助の姿も見える。兄松之助や栄吉が側から去っても、二人だけは変わらず若だんなと共に居てくれると思う。

こうしていると、余りにもいつもと同じ夜であった。つい今、長崎屋から離れないかと言われたことが、嘘《うそ》か幻のようだ。

そのとき障子が開いて、小紅が部屋に帰ってくる。開いた障子の向こうに、華やかに花を付けた桜が見えた。小紅はいつの間にか、若だんなと同じくらいの歳《とし》になっている。大人の丈の着物に着替えていたが、流水に花が散るその柄が、花の終わりを思い起こさせた。

(私は小紅を連れて、おばあさまの所へ行くべきなんだろうか)

正直な話、気持ちが迷う。己《おのれ》は小紅を守ると、確かに言った。でも、まさかこんな方法しか残されていないとは、思ってもみなかった。

(都合が悪いやり方しかないからと、私は小紅を見捨てるのか？)

迷いが一層熱を高くしたようで、苦しい息がこぼれる。仁吉が手ぬぐいを取り替えてくれると、ほっとする。

桜が満開に近くなって来ているのに、小紅は落ち着いているように見えた。人に比べ、生まれながらに短い一生を決められている花びら。その思いを計りかね、若だんなは寝たまま小紅の方を向いた。すると、柔らかな手が火照《ほて》った若だんなの手を包む。

「大丈夫ですか、若だんな」

優しい声がする。置いて行かれる方の若だんなが、去って行く小紅より辛い顔をしているに違いない。そう思うと、苦いような笑いが浮かんでいた。

その時。

(あ、あ……もしかして)

不意にある考えが浮かんだ。思わず身を起こそうとして、咳き込んでしまった。

(寛朝様が兄や達に話しかけた理由、得心がいったよ)

小紅がいたから、感じられたことであった。頭では分かっていても、心底得心出来ていなかったことだ……。

「兄や……」

若だんなは二人と話をしようと思った。小紅にも言いたいことがある。だが目の前は霞《かす》み、声はなかなか出ない。

この時佐助が、何やら苦いものを口に含ませてきた。すると布団《ふとん》が一層柔らかなものに変わり、若だんなを夢の中へと連れて行った。

7

若だんなの熱が下がって床を払うまで、三日かかった。

あの熱にうなされた夜以来、兄や達はその話を忘れたかのように、荼枳尼天様の庭のことは口にしなくなっていた。

（もしかして、兄や達も迷っているのかな）

若だんなもあのことはまだ、兄や達と話していない。

とにかく今は、小紅と向き合うべき時であった。別れの時が迫ってきていたのだ。

小紅はまた少し歳を取ったと見えたが、その速さは以前と比べると、大層ゆっくりになっている。桜の花びらは、美しいままで散るものだ。小紅は若だんなの姉のように見える歳のまま、もう変わらないように思えた。

若だんなは寝間の長火鉢の側で、小紅と話をして過ごしていた。小紅はそれが大層嬉《うれ》しいらしく、毎日飽きずに話している。若だんなの為に兄や達が、数多《あまた》の菓子を置くものだから、菓子欲しさの鳴家《やなり》達も交じって、長崎屋の離れでは笑い声が続いていた。

そんな昼過ぎのこと、開け放った障子の向こうを、あるかないかの風に乗って薄紅の花びらが飛び始めた。

翌日には雪のように散り始める。離れの縁側にも、積もる程に降った。すると喜んだ鳴家達が、花びらで滑って遊び始める。

「きゅわきゅわ」

「きゃたきゃた」

笑い声が上がっている様子を、部屋内から若だんなと小紅が、湯飲み片手に見ていた。

鳴家達は花びらを集め、腕一杯に抱えると、互いの頭の上から降らして、また「きゃわきゃわ」と楽しげにしている。小紅はその様子をゆったりと見ている。その着物や帯に散った花びらが、浅い春だけの模様を添えていた。

そうして小紅はじきに、そろそろ刻限かなと口にし、静かに笑った。

「ねえ若だんな。あたし若だんなのこと、本当に好きなんですよ」

前にも言ったが、覚えているかと小紅が問う。きっと生まれてから死ぬまでの間で、一番好いた殿御になると思うとの言葉に、湯飲みを手にした若だんなが笑みを返した。

「うん、覚えてるよ。小紅はいつだって、私が好きなんだよね」

そして、と言って、若だんなが優しげに微笑《ほほえ》んだ。

「私も小紅が好きだよ。小紅が小さな頃から、変わらずにずっと」

そうと聞いて、小紅がぽっと頬を染めた。桜の花びらの芯《しん》の方が、淡く紅《くれない》に染まっている様子にも似て、それはかわいらしい。

「ねえ小紅、私は兄さんへの婚礼の贈り物、決めたんだよ」

「あら若だんな、何になすったんですか」

長崎屋は裕福だから、店も家財道具も親である藤兵衛が用意する。若だんなが兄にあげるとしたら、それは思いのこもった小さな一品でいいのだ。

若だんなはにこりとすると、懐《ふところ》から掌《てのひら》に入る程の物を取り出した。それはどこまでも青いビードロであった。

「あら綺麗《きれい》。それは先日、鳴家さんたちが部屋から持ち出していたビードロですね」

広徳寺で見せて貰《もら》ったと言うと、若だんなが頷《うなず》く。

「これは兄さんと私を再会させてくれた、思い出の品なんだよ」

だから若だんなが大切に持っていたが、離れるのだから、また兄に持ってもらいたいと思う。ビードロは根付けになっている故《ゆえ》、金唐革《きんからかわ》の紙入れにでも付け、祝いの品にすると決めたのだ。

若だんなは離れに座ったまま、久しぶりにビードロを日にかざしてみた。深い水の底から空に駆け上がるような青の向こうに、風に流れる花びらが見えた。

「ああ、今日は本当によく花びらが散るね。薄紅の雪が降っているかのようだ」

若だんなはまた庭に目を向けると、しばらく小紅と一緒に、花の散る特別な一時を眺めていた。花びらは、春の庭をあるか無しかの桜色に染める雪だ。

「春の薄青い空が、他の季節より白っぽい光に満ちているのは、花びらが舞うせいかもしれないね」

若だんなが表を見ながら言う。

「風が花びら色になってる」

小紅はただにこにことしている。庭に目を向けていた若だんなが、ゆっくり小紅の方を振り向いた。

その目が、涙を浮かべている。

「ねえ、小紅。もし……もし神の庭でいつまでも咲いていられるのなら、そうしたいかい？」

さらりと聞く。すると、これまたあっさりと、小紅が首を振った。

「私がいつまでも木に居座ったら、木も次の年の花も困ってしまうわ」

それに花はまた来年も、長崎屋の庭に咲く。

「新しい花びらが部屋に舞い込んで来たら、その時も遊んでやって下さいな」

それは小紅では無いかもしれないが、小紅の姉妹なのだ。

「うん」

頷いたとき、さっと柔らかい風が吹いた。すると縁側で鳴家達が「きゅわわーっ」と嬉しげに鳴く。庭も縁側も白く染めるかのように、花びらが一斉《いっせい》に風に舞って空へと飛んだのだ。音がした訳ではない。ただ春の洪水の中に投げ出されたかのようであった。

一寸《ちょっと》目の前が真っ白になる。そして。

小紅はもう、長崎屋には居なかった。

暫《しばら》く動けず、ただ座っていた。そのうち風が縁側に落ちていた花びらを巻き上げ、空の向こうへ連れて行く。小鬼達は残った花びらを追って、庭に降りていった。花びらを拾う姿を見ていたら、後ろで襖《ふすま》が開いた。兄《にい》や達が部屋に入ってきたのだ。

「小紅はいきましたか」

あっと言う間に離れから去っていった花びらをどう思ったのか、二人は空の方へ目を向けている。若だんなは薬缶《やかん》の湯で三人分の茶を淹《い》れ、盆に置いた。

「最後に、小紅に聞いたんだ。神の庭へ行きたいかって」

「小紅は何と？」

「あっさり首を横に振られた」

そう答えると、佐助が一寸目をつぶった。

「それで、後は静かに見送ったのですか。若だんな、気落ちしたのではありませんか。大丈夫ですか」

二人はいつものように心配している。若だんなは小さく溜息《ためいき》をついた。そして何やら真剣な眼差しを、兄や達二人へ向ける。

「そうだよね。去って行かねばならない者は、悲しくて哀れかもしれないけれど……残される者もまた、辛《つら》い思いを持てあますことになるんだね」

二度と会えなくなるのは、同じであった。相手への思いが深い程、もう姿を現さない人を探して、そこに居たはずの場所に目をやってしまうのかもしれない。

若だんなが、仁吉を見た。佐助と向き合った。そして静かに言う。

「私もいつか、皆を置いてゆくんだね」

寸《すん》の間《ま》二人は黙り込み、言葉もない。若だんなは僅《わず》かな笑みを、口元に浮かべた。

「妖《あやかし》達は、長い長い時を生きてるんだ。これからだって、はるか先まで時を越えてゆくんだろう」

だが若だんなは病で死ななくとも、人としての数十年を生きるのみだ。

「私は小紅の一生を、短いと感じた。あっと言う間で……悲しいと思ったんだよ」

そして妖達にしてみれば、人である若だんなの一生だとて、花の散る間と大差無いのかもしれない。

若だんなも、口では千年、三千年と、妖の時を数えてはいた。だが生まれて二十年も生きていない身で、その長さを実感できているのかといえば、首を振るしかない。

「あの夜兄や達は、小紅の事を口実にしたんだ。本当は私に、荼枳尼天《だきにてん》様の庭へ行きなさいと言いたかったんだよね」

今、目の前で小紅と別れたように、いずれは若だんなと妖も、会えぬようになる日が来る。長く生きる妖にとっては、ほんの短い日々の先に、その日は来てしまう。

「それは嫌だと、思ってくれたんだよね」

若だんなが、くいと口元を引き締めた。じっと兄や達を見つめる。神の庭へ行くことが、別れを止める唯一《ゆいいつ》の手だてなのかもしれなかった。

「でも、どうしてだろう。私は今日、荼枳尼天様の庭へ行くとは言えなかった」

何故《なぜ》なのか、訳をきちんと考える間もなく、答えは出ていた気がする。目が熱い。涙が盛り上がってきた気がしたが、何としても今はこぼしたくはなかった。まだ、言っていないことがある。泣いて言葉が途切れたら困る。なのに……。

助ける事が出来ず、小紅が消え去った事が悲しいのか。それともいつか、離れの皆を置いて行く不安に、摑《つか》まれてしまったのだろうか。心の全《すべ》てを言い尽くす言葉を見つけられないまま、若だんなはただ一言《ひとこと》口にした。

「……ごめん」

兄や達は黙ったまま、声もなく立ちすくんでいる。

残った桜の花びらが、僅かに風に舞っていた。

参考文献

『日本人と数　和算を教え歩いた男』　佐藤健一著　東洋書店
『大人のドリル「和算」で脳力アップ』　佐藤健一著　実業之日本社
『和算で遊ぼう！―江戸時代の庶民の娯楽』　佐藤健一著　かんき出版
『江戸のミリオンセラー「塵劫記」の魅力』　佐藤健一著　研成社
『新・和算入門』　佐藤健一著　研成社

解説　江戸の妖怪《ようかい》は楽しむべきもの

村上健司

ご存知のように「しゃばけ」は江戸を舞台とした物語だ。

主人公の一太郎《いちたろう》は、江戸でも大店《おおだな》に数えられる長崎屋の若だんな。不思議なことに、なぜかそのまわりには常に妖怪たちが慕って集まっている。それは一太郎の祖母にあたる人物が齢《よわい》三千年の大妖《たいよう》であり、その血を受け継ぐ若だんなは、妖怪たちから一目置かれる存在だからなのだった。

若だんなと妖怪との関係は、わざわざ書かなくても読者ならばすでに頭に入っていることだと思う。

犬神《いぬがみ》、白沢《はくたく》、屏風《びょうぶ》のぞき、野寺坊《のでらぼう》、獺《かわうそ》、ふらり火、猫又《ねこまた》……。シリーズ六作目となる『ちんぷんかん』までには、さまざまな妖怪が登場し、活躍している。

妖怪というと、恐ろしくおどろおどろしい存在をイメージしがちだが、「しゃばけ」の妖怪たちは、茶目っ気たっぷりで、恐ろしいというよりも可愛《かわい》らしい感じがする。

当シリーズの人気は、物語の秀逸さもさることながら、これら妖怪たちの存在も少なからず影響していると思われる。

ここからは、そんな妖怪たちの話をしてみよう。「しゃばけ」にも登場する江戸の妖怪についてである。まずは妖怪という言葉から。

面白いことに「しゃばけ」の中では、妖怪という表記はほとんど使われていない。そういう者たちを表現する際には、「妖」の字を用いて、「あやかし」と読ませている。あえて妖怪とよばないのには、理由がある。

そもそも妖怪という言葉は、江戸時代においては一般的ではなかった。今日《こんにち》我々がイメージする妖怪は、江戸時代においては化け物とよんでいたのである。妖怪という表記を使うこともあるが、その場合も「ばけもの」と読ませている。

実は今使われる妖怪という言葉は、明治時代以降の民俗学より用いられたもので、いわば学術用語だった。その意味するところは民俗社会に息づく不思議や怪異ということになるだろうか。

日本民俗学の創始者である柳田国男の『妖怪談義』には、全国の妖怪を集めた「妖怪名彙《めいい》」があり、そこにはコナキジジイ、ヌリカベ、イッタンモメン、ノブスマ、ノリコシといった妖怪たちがずらりと並んでいる。これら民間に語り継がれてきた妖怪が、民俗学の研究対象になったのである。

「妖怪名彙」には八十ほどの妖怪が並んでいるが、そこには白沢、屛風のぞき、野寺坊といった「しゃばけ」に出てくる妖たちの名前はない。昔から知られていたはずなのに、入っていないのだ。これは忘れているわけではなく、あえて外しているのである。

柳田国男監修の『民俗学辞典』にて妖怪の項目を引くと、その理由が書いてある。

【単なる空想や創作による妖怪談は、現実の生活経験とは別に扱われなければならず、それらは民俗学の直接の研究対象とはならない】と、きっちり線を引いている。つまり、現在では創作を含めた様々な不思議や怪異を包括する言葉として通俗的に使われている妖怪だが、学術用語として使われた当初は、創《つく》られた妖怪は含めるべきではないとされていたのである。

江戸時代における妖怪は、楽しむべきものでもあった。昔から伝わる妖怪をキャラクター化し、独自の性格を持たせてみたり、まったくの想像で創ったりした。

例えば、黄表紙には様々な創作妖怪が登場する。黄表紙とは、現代の小説や漫画に相当する絵入り物語のこと。当時の世相をパロディー化したものが多く、好んで妖怪が取り上げられている。

狐《きつね》や狸《たぬき》はもちろんのこと、河童《かっぱ》、天狗《てんぐ》、ろくろ首、猫又、一つ目小僧たちが面白おかしく活躍し、なかでも見越《みこし》入道は親分的な存在としてよく登場する。「しゃばけ」に出てくる見越の入道が、一太郎の護衛役である犬神や白沢よりも上の存在として設定されているのは、黄表紙での見越入道を意識してのことなのだろう。

創作された妖怪といえば、鳥山石燕《せきえん》の『画図百鬼夜行』シリーズを忘れることができない。石燕は江戸時代中期に活躍した浮世絵師で、美人画の喜多川歌麿《うたまろ》、戯作《げさく》者の恋川春町、歌川派の祖となる歌川豊春などの師匠にあたる。妖怪ファンにはよく知られた『画図百鬼夜行』『今昔画図続百鬼』『今昔百鬼拾遺』『百器徒然《つれづれ》袋』といった妖怪カタログを遺《のこ》している。

「しゃばけ」に登場する妖の多くは、石燕の『画図百鬼夜行』シリーズよりとられているようだ。

屛風のぞきもその一人。主人公の一太郎が寝起きする長崎屋の離れに年久しく住むという屛風の付喪《つくも》神《がみ》だが、モデルは石燕の『今昔百鬼拾遺』に描かれている。絵とともに解説文があるのだが、そこにはどのような妖怪だなどとは記されておらず、【翠帳紅閨《すいちょうこうけい》に枕《まくら》をならべ、顚鸞倒鳳《てんらんとうほう》の交《まじわり》あさからず、枝をつらね翼をかはさんとちかひし事も佗《あだ》となりし胸三寸の恨《うらみ》より、七尺の屛風も猶《なお》のぞくべし】とだけある。

屏風をのぞく妖怪なのかと、大体の想像はつくものの、これだけではなんのことだかさっぱりわからない。

また、『ちんぷんかん』の「今昔」にもちらっと出ている鈴彦姫《すずひこひめ》。作中では百年を経て妖怪となった器物の妖怪、つまり付喪神の一種とされていて、正体は湯島聖堂近くの稲荷《いなり》社に仕える鈴なのだという。

こちらのモデルも、石燕の『百器徒然袋』に描かれており、【かくれし神を出し奉《たてまつら》んとて岩屋のまへにて神楽《かぐら》を奏し給《たま》ひし天鈿女《あまのうずめ》のいにしへもこひしく、夢心におもひぬ】と説明されている。

屏風のぞきについて、『鳥山石燕　画図百鬼夜行』（国書刊行会）の解説者・稲田篤信氏は、次のように述べている。「屏風よりほかに知る人もなし」という諺《ことわざ》は男女の関係を表したもので、そこから数々の秘め事を見てきた屏風の付喪神なのであろうと。

しかし、これは石燕のオリジナルと見てよさそうなのである。民間で語られていたものなら他にも記録にありそうだがそうした資料はなく、絵にしても石燕以前に描かれた形跡はない。

説明文にある七尺の屏風とは、秦《しん》の始皇帝が荊軻《けいか》に殺されかけた時に飛び越えたという咸陽《かんよう》宮の屏風のことらしいので、石燕は中国の故事よりヒントを得て、何かしらの遊びを盛り込んで屏風のぞきという妖怪を創ったようなのだ。

鈴彦姫の説明文では「夢心におもひぬ」とあり、こちらはきちんと創作したことを仄《ほの》めかしている。鈴は神霊を下ろす際に使用される祭具の一つであり、天鈿女は岩屋に隠れた天照大神《あまてらすおおみかみ》をよび出した神である。これは鈴と天鈿女に共通する、神を引き出すということをテーマにした戯画なのだろう。

石燕は、戯作者、俳諧《はいかい》師、狂歌師と交流が深く、自らも俳諧や狂歌に通じ、洒落《しゃれ》や言葉遊びはお手の物だったという。そんな人物の『画図百鬼夜行』シリーズがただの妖怪カタログであるはずがない。

石燕の妖怪たちには吉田兼好の『徒然草』や漢籍から得たテーマが隠されていたり、言葉遊びの判じ絵になっていたりと、知的好奇心をくすぐる仕組みになっている。『画図百鬼夜行』シリーズは、妖怪カタログとして楽しめる他にも、絵と文字から作者のメッセージを読み解くというパズル本でもあったのだ。

このように、江戸時代は妖怪を楽しむ文化が発達した時代だった。絵師や戯作者は人々の求めに応じて、妖怪を大量生産してきたのである。

もちろん、江戸にも民俗社会はあり、民俗学でいうところの妖怪もいた。黄表紙などによく登場する狐狸《こり》、天狗、河童、見越入道なども、もともとは民間伝承の妖怪たちであり、リアリティを持って語られ、実際に恐れられもした。その一方で、同じ名前の妖怪でありながら、娯楽向けに創作されたキャラクターも存在し、人々を楽しませてきたのである。簡単にいえば、実在する狸と、それをモデルにしたギャグ漫画の狸がいると思えばいい。

妖怪が分かりにくいのは、実在の狸と漫画の狸が同じものと見られていることにある。漫画の狸、つまり娯楽から誕生した江戸の妖怪は創作であるため、民俗社会での妖怪＝実在の狸と同列で語ることはできないはずなのだ。だが、現在通俗的な意味合いで使われる妖怪にはその両方が含まれているので、齟齬《そご》が生じてしまうのである。本来ならば両者は分けて考えなくてはならないのだ。

リアルな妖怪は恐ろしいが、創作された妖怪は楽しむべきもの。それが理解できていたからこそ、江戸の人々は創作妖怪の世界を存分に楽しむことができたのだろう。

妖怪ブームとよばれて年久しい現在も、漫画、小説、アニメなどで数多くの作品が生まれている。妖怪に関する資料が充実してきたからか、様々なパターンの作品があり、そんな中でも、「しゃばけ」はひときわ異彩を放っている。他の作品では民俗妖怪も江戸の創作妖怪も同じように扱われることがほとんどなのに、「しゃばけ」に登場するのは江戸の妖怪だけなのだ。自由気ままに振る舞っては、読者を楽しませてくれるところなどは、まったく黄表紙の中の妖怪たちと同じである。

黄表紙にはよくオリジナルの妖怪が登場するが、本書の作者である畠中さんもオリジナルの妖怪を創っている。

例えば、本書の「はるがいくよ」に登場する、桜の花びらの精。作中で小紅《こべに》と名づけられた女の子だ。花の命は短いといわれるように、最初は赤ん坊の姿で現れ、数日後には成人した女性の姿で若だんなの前から去っていくのである。

人の一生と比べると、花びらの一生などほんの一瞬。その儚《はかな》い命を見守るしかできない若だんなの苦悩――。「はるがいくよ」は、人生の無常を描いた傑作だと思う。

この桜の花びらの精には、しっかりとしたテーマがある。石燕の妖怪画の一枚になっていてもおかしくなさそうな、そんな妖である。

このように見ていくと、「しゃばけ」は江戸の妖怪文化の正嫡《せいちゃく》といっても言い過ぎではないはずだ。江戸の絵師や戯作者がそうだったように、畠中さんは妖怪で人を楽しませる術《すべ》を知っているのである。

それは本書に登場する妖たちを見ればよく分かるだろう。

（二〇〇九年十月、ライター）

この作品は二〇〇七年六月新潮社より刊行された。

上橋菜穂子著
狐笛のかなた
野間児童文芸賞受賞
不思議な力を持つ少女・小夜と、霊狐・野火。森陰屋敷に閉じ込められた少年・小春丸をめぐり、孤独で健気な二人の愛が燃え上がる。

上橋菜穂子著
精霊の守り人
野間児童文芸新人賞受賞
産経児童出版文化賞受賞
精霊に卵を産み付けられた皇子チャグム。女用心棒バルサは、体を張って皇子を守る。数多くの受賞歴を誇る、痛快で新しい冒険物語。

上橋菜穂子著
闇の守り人
日本児童文学者協会賞・
路傍の石文学賞受賞
25年ぶりに生まれ故郷に戻った女用心棒バルサを、闇の底で迎えたものとは。壮大なスケールで語られる魂の物語。シリーズ第2弾。

上橋菜穂子著
夢の守り人
路傍の石文学賞・
巖谷小波文芸賞受賞
女用心棒バルサは、人鬼と化したタンダの魂を取り戻そうと命を懸ける。そして今明かされる、大呪術師トロガイの秘められた過去。

上橋菜穂子著
虚空の旅人
新王即位の儀に招かれ、隣国を訪れたチャグムたちを待つ陰謀。漂海民や国政を操る女たちが織り成す壮大なドラマ。シリーズ第4弾。

いしいしんじ著
ポーの話
あまたの橋が架かる町。眠るように流れる泥の川。五百年ぶりの大雨は、少年ポーをどこへ運ぶのか。激しく胸をゆすぶる傑作長篇。

諸田玲子著　誰そ彼れ心中

仕掛けられた罠、思いもかけない恋の道行き。謎が謎を呼ぶサスペンスフルな展開、万感胸に迫る新感覚時代ミステリー。文庫初登場！

諸田玲子著　幽　恋　舟

闇を裂いて現れた怪しの舟。人生に疲れた男は狂気におびえる女を救いたいと思った……謎の事件と命燃やす恋。新感覚の時代小説。

諸田玲子著　お鳥見女房

幕府の密偵お鳥見役の留守宅を切り盛りする女房・珠世。そのやわらかな笑顔と大家族の情愛にこころ安らぐ、人気シリーズ第一作。

諸田玲子著　蛍の行方　お鳥見女房

お鳥見一家の哀歓を四季の移ろいとともに描く連作短編。珠世の情愛と機転に、心がじんわり熱くなる清爽人情話、シリーズ第二弾。

諸田玲子著　鷹姫さま　お鳥見女房

嫡男久太郎と鷹好きのわがまま娘との縁談、次女君江の恋。見守る珠世の情愛と才智に心がじんわり温まる、シリーズ文庫化第三弾。

諸田玲子著　狐狸の恋　お鳥見女房

久太郎はお鳥見役に任命され縁談も持ち上がる。次男にも想い人が……成長する子らを見守る珠世の笑顔に心和むシリーズ第四弾。

ちんぷんかん

新潮文庫　は-37-6

平成二十一年十二月一日発行

著者　畠《はたけ》中《なか》恵《めぐみ》

発行者　佐藤隆信

発行所　株式会社　新潮社

郵便番号　一六二—八七一一
東京都新宿区矢来町七一
電話　編集部(〇三)三二六六—五四四〇
　　　読者係(〇三)三二六六—五一一一
http://www.shinchosha.co.jp

価格はカバーに表示してあります。

乱丁・落丁本は、ご面倒ですが小社読者係宛ご送付ください。送料小社負担にてお取替えいたします。

印刷・大日本印刷株式会社　製本・憲専堂製本株式会社

ISBN978-4-10-146126-7　C0193